Dr. Jekyll and Mr. Hyde

by Robert Louis Stevenson

1886

지킬 앤 하이드

Strange Case of
Dr. Jekyll and Mr. Hyde

지킬 앤 하이드

로버트 루이스 스티븐슨 지음
박혜옥 옮김

구름서재

차례

문에 얽힌 사연 • 9

하이드를 찾아서 • 20

지킬 박사에겐 아무 일도 없었다 • 33

커루 경 피살사건 • 37

편지에 관하여 • 44

래니온 박사의 죽음 • 52

창밖에서 벌어진 일 • 59

마지막 밤 • 62

래니온의 고백 • 81

헨리 지킬이 밝히는 사건의 전모 • 93

소설과 뮤지컬로 함께 보는 지킬 앤 하이드

• 소설 『지킬 앤 하이드』 작품해설

  인간의 마음 속 괴물의 정체 • 122

• 뮤지컬 〈지킬 앤 하이드〉, 그 명곡 속으로

  인간의 양면성이 탄생시킨 비극의 드라마 • 134

"나는 내 의식 안에서 두 개의 본성이 다투고 있음을 보았다.

두 본성 모두가 나라고 말할 수 있는 건

두 가지가 모두 내 안에 있기 때문이었다."

문에 얽힌 사연

어터슨 변호사는 결코 가볍게 웃는 법이 없었다. 근엄한 태도에 거의 말수가 없어서 상대방으로 하여금 당혹감을 느끼게 만들었다. 야위고 키가 크고 무미건조하며 따분한 인물이었지만, 그럼에도 왠지 호감이 가는 면을 지니고 있었다.

그의 인간적인 매력은 입맛에 맞는 와인을 마실 때나 친구들과 어울리는 자리에서 눈빛을 통해 드러나곤 했다. 말로는 잘 드러나지 않는 이런 매력은 저녁식사 후의 얼굴 표정이나 평소 행동에서 자주 볼 수 있었다. 그는 매우 절제된 생활을 유지했다. 혼자 있을 때엔 값비싼 와인 대신 진을 마셨고, 오페라를 좋아함에도 지난 이십 년 동안 극장에 모습을 드러낸 일이 거의 없었다. 그렇다고 남들에게까지 이런 엄격함을 강요하진 않았다. 누군가 혈기를 주체하지 못하고 잘못된 길로 들어서더라도 질책하는 대신 그를 사로잡은 열망이 무엇일까에 경탄에 가까운 관심을 보이며 호기심을 드러냈고 어떻게든 도울 길을 찾으려 했다. "난 카인 같은 이단에 더 마음이 끌려. 내 친동생이 스스로 악마에게 영혼을 팔아버린다 하더라도 그냥 내버려두는 쪽을 택할 거야." 그는 이렇게 솔직히 털어놓곤 했다. 이런 성품 때문인지 어터슨은 타락하여 삶의 벼랑 끝에 이른 사람들에게도 끝까지 동반자로 남아 줌으로써 그들이 감동하도록 만들었다. 이런 처지의 사람들이 그의 변호사 사무실을 제집처럼 드나들었지만 그는 늘 한결 같은 모습으로 대했다. 평소 자신을 잘 드러내지 않는 성품 탓에 어터슨의 이런 모습은 타고난 관용으로 비쳐졌다. 친구들과의 사이 또한 원만했고 변호사로서 자기 고객들과의 관계도 마찬가지였다. 어터슨은 우연히 알게 된 친구들과도 격 없이 어울렸다. 그래서 그의 곁엔 늘 가족과 친척, 오랜 벗들이 함께했다. 사람에 대한 그의 애정은 시간이 지날수록 담쟁이덩굴처럼 뻗어나갔으며, 그가 목적을 가지고 사람을 사귀는 것은 상상할 수 없었다. 그래서 그가 인근에서 좋은 평판을 얻고 있는 먼 친척 뻘의 리처드 엔필드와 가까이 지내는 것을 의아하게 생각할 사람은 없었다. 다만 사람들이 호기심을 보인 것은 두 사람이 대체 서로의 어떤 점에 호감을 가지고 있는지, 정말 호감을 가지고 있긴 한지, 둘이 만나면 대체 어떤 대화를 나누는지 하는 것들이었다. 일요일의 산책길에서 두 사람을 본 사람들의 전언에 따르면, 둘은 거의 대화도 나누지 않았고 매우 따분해 보인다고 했다. 그래서 아는 사람을 만나면 마치 원군이라도 만난 듯 눈에 띄게 반가워한다는 것이었다. 그럼에도 두 사람은 둘만의 나들이를 한 주일의 가장 큰 즐거움으로 여기는 듯했고 일요일만 되면 만사를 제쳐두고 산책길에 나서곤 했다.

그러던 어느 날, 그날도 산책을 하던 두 사람은 우연히 런던 번화가의 좁은 길로 들어서게 됐다. 짧은 거리의 그 길은 한적했지만 평일에는 상인들과 손님들로 북적이는 곳이었다. 부유한 사람들이 사는 거리였지만 더 큰 성공에 대한 야망으로 가진 돈을 모두 건물 치장에 모두 쏟아 부었는지 화려한 외벽들이 손님들을 유혹하는 상인들처럼 늘어서 있었다. 한적한 일요일이라서 상점들의 화려한 모습은 잘 드러나지 않았지만, 거리는 퇴락하고 지저분한 주변 환경과 대비되며 숲 한가운데서 타오르는 불꽃처럼 빛이 났다. 밝고 산뜻한 색으로 칠해진 덧문들이며 잘 닦아 반짝반짝 윤이 나는 놋쇠 문고리 등 깔끔하고 경쾌한 거리의 분위기는 지나는 행인들의 눈을 즐겁게 하기에 충분했다.

큰길을 걷던 두 사람이 동쪽으로 난 왼쪽 길로 접어들자 두 번째 집에서 길이 끊기며 음산한 이층짜리 건물이 처마 그림자를 길게 드리운 채 서 있었다. 건물 앞면엔 창문이 하나도 없었고 밋밋한 벽면에 문 하나만 달랑 나 있었다. 아무리 보아도 건물은 오래 방치되어 있었던 듯 지저분했다. 칠이 벗겨지고 빛이 바랜 문에는 초인종은커녕 노크를 할 문고리장식 하나 달려있지 않았다. 어린

아이들이 문 앞 층계에 쭈그리고 앉아 소꿉놀이를 하고, 동네를 배회하는 부랑자들이 문짝에 성냥불을 그어대고, 학생들이 문틈에 칼질을 해대었어도 오랜 세월 동안 불청객들을 쫓아내거나 망가진 건물을 수리하려 했던 흔적은 보이지 않았다.

두 사람이 마침내 골목 맞은편에 이르렀을 때 엔필드가 지팡이를 들어 문을 가리키며 말했다. "저 문을 눈여겨보신 적이 있으신가요?" 어터슨이 고개를 가로젓자 엔필드가 말했다. "저 문을 보면 얼마 전 제가 겪은 아주 이상한 사건이 떠올라요."

"그래?" 어터슨이 약간의 관심을 보이며 물었다. "대체 그게 뭐지?"

"그러니까 무슨 일이 있었냐 하면요…." 엔필드가 얘기를 시작했다. "그날은 제가 멀리 여행을 갔다가 집으로 돌아오고 있었어요. 새벽 세 시쯤 되었나? 정말 칠흑같이 어두운 겨울밤이었죠. 집으로 가기 위해 이곳을 지나가고 있었는데, 정말이지 깜깜해서 가로등 불빛 밖에는 아무것도 보이지 않았어요. 세상은 온통 깊은 잠에 빠져 있었고 텅 빈 거리에 늘어선 가로등만 깜박이고 있었죠. 경찰이라도 있으면 도움을 청하고 싶은 마음이 굴뚝같았어요. 그런데 갑자기 멀리서 두 사람의 모습이 제 눈에 들어온 거예요. 한 사람은 동쪽을 향해 성큼성큼 걸어가는 몸집이 작은 남자였고 또 한 사람은 여덟에서 열 살 정도 되는 여자아이였는데, 교차로 쪽으로 급히 달려가고 있었습니다. 그렇게 마주 다가오던 두 사람은 결국 길모퉁이에서 마주치게 되었죠. 그런데 끔찍한 광경이 제 눈에 들어온 건 바로 그 뒤였어요. 그 남자가 여자아이를 넘어뜨렸고 땅바닥에 널브러져 비명을 지르고 있는 여자아이를 짓밟고는 아무렇지도 않은 듯 지나가 버리는 거였어요. 얘기만 들어선 별 것도 아닌 것 같지만 실제 제가 본 광경은 끔찍했어요. 그 남자는 사람이라기보다 잔인무도한 괴물의 모습이었어요. 나는 고함을 지르며 쫓아갔고, 도망가려는 사내를 잡아 다시 아이가 있는 현장으로 끌고 왔죠. 거기엔 벌써 아이의 비명소리를 듣고 사람들이 모여 웅성대고 있었습니다. 하지만 그 사내는 너무나 태연한 모습이었고 변명조차 하지 않았어요. 그럼에도 나를 바라보는 그의 눈빛이 너무 오싹해서 마치 오래달리기라도 한 듯 등에서 땀이 흘러내렸어요. 알고 보니 거기 모였던 사람들은 소녀의 가족들이었고 얼마 뒤에는 의사까지 나타났습니다. 아이의 상태를 본 의사는 심각한 상태는 아니지만 아이가 충격을 받은 것 같다고 하더군요. 사건은 그걸로 일단락되는 걸로 보였습니다. 그런데 일이 이상한 쪽으로 흐르기 시작했어요. 사실 그 남자를 처음 본 순간 저도 강렬한 증오심을 느꼈거든요. 한데 아이의 가족들 역시 똑같은 감정을 느꼈던 모양입니다. 아니, 그건 어쩌면 당연한 일이었는지도 모르죠. 하지만 보다 놀라운 건 의사의 반응이었어요. 심한 에딘버러 사투리에 백파이프 연주자처럼 여려 보인다는 걸 빼면 나이조차 가늠하기 힘든 평범한 얼굴이었어요. 그런 그가 내가 붙잡아 온 사내를 보고는 갑자기 얼굴이 창백해지더니 죽이기라도 할 듯이 달려드는 거였어요. 그래요. 그 마음을 이해할 수 있을 것 같았어요. 그도 나와 같은 심정이었을 테니까요. 모두 그를 죽여 버리고 싶은 마음이었던 겁니다, 하지만 우린 차선책을 선택할 수밖에 없었어요. 그래서 이 끔찍한 사건을 런던 구석구석까지 알려 당신의 추악한 이름이 세상에 불리도록 할 것이며, 만약 친구나 명예라는 게 당신에게 있다면 그 모든 걸 잃게 만들겠다고 그를 협박했죠. 하지만 그러는 중에도 우린 여자들을 그에게서 떼어놓아야 했는데, 왜냐하면 여자들이 더 길길이 뛰며 그에게 달려들었기 때문이죠. 저는 사람들이 누군가를 향해 그토록 증오를 드러내며 한꺼번에 달려드는 걸 본적이 없습니다. 사람들의 분노에 둘러싸인 가운데도 사내는 비웃기라도 하듯 담담한 표정을 짓고 있었습니다. 제가 보기엔 조금 당황한 듯도 했지만 그는 전혀 내색하지 않고 사탄과도 같은 미소를 짓고 있었죠. 그는 우리를 향해 말했습니다.

"사고를 빌미로 한몫 챙겨보고 싶은 모양인데, 나로선 어찌할 방법이 없군. 신사라면 나쁜 소문에 휘말리는 건 피해야 하는 법이니까. 그래, 얼마를 보상해 주면 되겠소?" 우린 아이 가족에게 백 파운드의 돈을 배상하라고 요구했습니다. 사내는 어떻게든 돈을 깎아 보려 했지만 우린 물러서지 않았고, 결국 우리 요구를 받아들일 수밖에 없었습니다. 이제 사내에게 돈을 받아내는 일만 남았어요. 그런데 그가 돈을 지불하기 위해 우리를 데려간 곳이 어딘지 아십니까? 바로 저 집 문 앞이었어요. 집 문 앞에 이르자 사내는 열쇠를 꺼내 문을 열고 안으로 들어갔고, 얼마 지나지 않아 십 파운드 정도의 금화와 쿠츠은행 앞으로 된 개인수표 한 장을 들고 나왔습니다. 그런데 말이에요. 사실 제가 이 이야기를 꺼낸 것도 이 때문인데. 수표의 지불인 서명 난에 제가 지금 입에 올리기 곤란한 분의 이름이 적혀 있었던 거예요. 그 수표의 서명인은 이름만 대도 누구나 알 수 있고 가끔 신문지상에도 오르내리는 인물이었어요. 수표 지불액이 큰 액수이긴 했지만, 서명이 진짜라면 그 정도는 아무것도 아니라고 할 수 있을 정도의 부를 지닌 사람이었죠. 나는 즉시 사내에게 당사자가 맞느냐고 따져 물었습니다. 새벽 네 시에 누군가 저런 지하 동굴 문을 열고 들어가서 백 파운드짜리 수표를 들고 나온다면 세상 어느 누가 믿겠습니까? 그렇지만 그는 가소롭다는 듯이 코웃음을 치며 말했지요. "그렇게 걱정이 되면 내가 은행 문이 열릴 때까지 기다렸다가 수표를 현찰로 바꿔 드리겠소." 그래서 나와 내 친구들 그리고 아이의 아빠와 의사는 내 거실에서 날이 밝기를 기다리다가 급히 아침식사를 하고 은행으로 달려갔습니다. 그 수표를 은행 직원에게 내밀며 위조된 것이 틀림없으니 잘 살펴보라고 말했죠. 하지만 천만에요! 그 수표는 진짜였습니다.

"쯧쯧." 어터슨이 혀를 찼다.

"선생님도 저와 같은 생각을 하고 계시군요." 엔필드가 말했다. "정말 귀신이 곡할 일이죠? 그 사내는 누가 봐도 저주 받은 사탄

같은 몰골을 하고 있었어요. 한데 수표의 주인은 부유하고 명망이 높은데다가 예의바르기로 소문난 인물이었단 말입니다. 더 놀라운 건 그가 선생님의 둘도 없는 친구 중 한 분이라는 겁니다. 아마 무슨 내막이 있는 게 틀림없어요. 이를테면 협박이라든지…. 왜, 있잖아요. 선량한 인물이 한때의 분별없던 행동으로 큰 대가를 치르게 된다든지 하는…. 그래서 제가 '공갈의 저택'이라 이름 붙인 저곳에서 뭔가 설명하기 힘든 일이 일어나고 있는 거죠." 여기까지 말하고 엔필드는 자신이 한 말들을 곰곰이 되씹고 있는 듯했다.

엔필드가 깊은 생각에서 깨어난 건 어터슨이 갑자기 던진 질문 때문이었다. "그래, 그 수표에 서명한 사람이 여기에 살고 있긴 한가?"

"그럴리가요!" 엔필드가 대답했다. "언젠가 그 분이 살고 있는 곳에 대해 들은 적이 있어요. 제 기억에 그분은 여기가 아닌 다른 곳에 살고 계셨어요."

"그래, 저 집에 대해선 더 알아본 게 없나?" 어터슨이 물었다.

"그게 좀…." 그가 대답했다. "저도 무척 궁금하긴 하지만 제가 이러쿵저러쿵 끼어들 일은 아닌 것 같아서요. 이런 일은 일단 의심하기 시작하면 질문이 꼬리에 꼬리를 물고 이어질 게 뻔하잖아요. 산꼭대기에 조용히 앉아 있다고 생각해 보세요. 멀리서 돌 하나가 굴러 내려온다면, 그 돌이 다른 돌들을 쳐서 굴러 떨어뜨리면서 수많은 돌들이 한꺼번에 굴러 내려올 것 아닙니까? 그러다 보면 자기 집 뒤뜰에 앉아 조용히 쉬고 있던 노인이 머리에 돌을 맞을 수도 있는 겁니다. 남은 가족들은 이웃들이 수근대는 걸 피하기 위해 이름까지 바꿔야 할지도 모르죠. 그럴 필요까진 없지 않겠어요? 그래서 제게는 오랜 신조 하나가 있어요. 즉, 의심스러울수록 캐묻는 걸 삼가라는 거죠."

"아주 좋은 신조군." 어터슨 변호사가 대꾸했다.

"그렇지만 이 집에 대해선 제가 좀 더 알아보았어요." 엔필드가 말했다. "이곳엔 사람이 살고 있지 않은 것 같아요. 문이 유일한 통로인데, 그 문을 드나드는 사람을 볼 수 없었거든요. 단 한명, 드나드는 사람이 바로 문제의 그 사내인데, 그것도 가끔씩만 드나들 뿐이에요. 일 층엔 창이 없고 정원으로 향해 있는 이 층에만 창문이 세 개 나 있고, 깨끗이 닦여 있는 창문은 늘 굳게 닫혀 있습니다. 굴뚝이 하나 있는데, 늘 연기가 피어오르는 걸 보아선 누군가 살고 있는 게 틀림없지만, 뜰을 중심으로 다닥다닥 건물들이 붙어 있어서 어느 집에서 나오는 건지는 알 수 없어요.

거기까지 말하고 두 사람은 다시 말없이 발걸음을 옮겼다. 그리고 잠시 후 어터슨이 다시 입을 열었다. "자네 신조는 참 마음에 들어."

"예, 저도 그렇게 생각합니다." 엔필드가 대답했다.

"그건 그렇고, 아이를 짓밟았다는 그 사내의 이름이 몹시 궁금하군." 변호사가 말을 이었다.

"그게, 선생님께 도움이 될지는 모르겠지만… 어쨌든 하이드라는 이름이었습니다." 엔필드가 대답했다

"흠…." 어터슨이 이어 말했다. "그래, 자네가 보기엔 어떻던가?"

"한마디로 표현하기 곤란합니다. 뭔가 기묘한 데가 있는 자였어요. 불쾌하고 혐오스럽다고나 할까? 저는 지금껏 그렇게 혐오스러운 자를 본 적이 없습니다. 이유는 알 수 없어요. 그냥 괴기스럽다고나 할까? 정확히 말하긴 곤란하지만 뭔가 뒤틀려 있다는 느낌이 들었어요. 분명 정상이 아닌데… 뭐라고 딱 꼬집어 말할 수는 없는…. 그래요, 선생님! 도저히 설명할 길이 없어요. 표현이 불가능해요. 기억이 잘 나지 않아서가 아닙니다. 지금이라도 나타나면 당장 그를 알아볼 수 있어요."

어터슨은 다시 말없이 걷기 시작했다. 뭔가 깊은 고뇌에 빠져 있는 것 같았다. 잠시 후 그가 다시 물었다. "그가 열쇠를 사용한 게 틀림없나?"

"선생님…." 엔필드가 갑작스런 질문에 놀라며 말했다.

"알아, 알아." 어터슨이 말했다. "내가 자꾸 묻는 게 이상해 보이겠지? 사실 나와 관련한 인물의 이름을 묻지 않는 건 이미 누군지 알고 있기 때문이야. 자네 이야기를 들으니 뭔가 짚이는 게 있어서 그러네, 리처드. 하지만 석연치 않은 점이 있다면 바로잡아야 하지 않겠나?"

"진작 말씀을 하시지요." 엔필드가 조금 맥이 빠진 듯 말했다.

"하지만 전 사실을 그대로 말씀드렸을 뿐이에요. 그 남자는 분명 열쇠를 가지고 있었어요. 그리고 지금도 가지고 있는 게 틀림없어요. 며칠 전에도 열쇠로 문을 여는 걸 제가 똑똑히 봤다니까요?

어터슨은 깊은 한숨을 내쉬더니 더 이상 아무 것도 묻지 않았다. 잠시 뒤에 엔필드가 말했다. "오늘 또 하나의·교훈을 얻은 것 같군요. '말을 아껴라!' 오늘 입을 놀린 게 부끄럽네요. 이 자리를 빌려 다시는 이 일을 입밖에 꺼내지 않기로 맹세하죠."

"그래, 그러는 게 좋겠네. 그런 의미에서 우리 악수 한번 할까?"

하이드를 찾아서

그날 저녁 어터슨은 무거운 마음으로 혼자 사는 집으로 돌아왔고, 입맛을 잃은 채로 저녁식사를 했다. 일요일 저녁이면 그는 저녁식사 뒤에 벽난로가 있는 책상에 앉아 따분한 종교서적을 읽다가 자정을 알리는 종소리와 함께 경건하게 잠자리에 들곤 했다. 하지만 그날 어터슨은 옷을 갈아입자마자 촛불을 들고 사무실로 쓰는 방으로 갔다. 사무실 방의 금고를 연 어터슨은 가장 깊숙한 곳에 보관되었던 문서 중 지킬 박사의 유언장이라고 쓰인 봉투를 끄집어내 심각한 표정으로 내용을 읽기 시작했다. 의뢰인이 직접 작성하여 맡겨둔 유언장에는 "의학박사이자 민법학자, 법학박사, 왕립학술원 회원인 헨리 지킬이 사망할 시 모든 재산을 친구이자 수혜자인 에드워드 하이드에게 상속한다"고 적혀 있었다. 뿐만 아니라 "지킬 박사가 삼 개월 이상 실종되거나 나타나지 않을 경우 에드워드 하이드는 헨리 지킬의 모든 권리를 승계하며, 집에서 일하는 사람들의 급료를 제외하곤 아무런 의무나 부담도 지지 않는다." 라는 내용도 덧붙여져 있었다. 변호사는 내내 유언장에 시선을 고정하고 있었다. 유언장은 지킬 박사의 변호사로서뿐만 아니라 보통 사람의 상식으로도 납득할 수 없는 내용이었다. 그런 차에 가뜩이나 정체를 알 수 없어 꺼림칙하기만 하던 하이드라는 인물의 이름이 다시 그의 귀에 들려온 것이다. 여전히 하이드라는 인물의 실체를 알 수 없었기에 그의 기분은 더 찜찜했고, 거기에 그의 혐오스런 이미지까지 덧붙여지며 불쾌감은 증폭되었다. 시원을 알 수 없는 뿌연 안개가 눈앞을 뒤덮더니 돌연 그의 눈앞에 악마의 모습이 하나 떠오르기 시작했다.

"분명 정상적인 상황에서 작성한 게 아니야." 그 기분 나쁜 유언장을 다시 금고에 넣으며 어터슨이 중얼거렸다. "끔찍한 일이 있었던 게 틀림없어."

어터슨은 입김을 불어 촛불을 끈 뒤, 두꺼운 외투를 걸치고 병원들이 몰려 있는 캐번디시 광장으로 향했다. 어터슨의 친구이자 명망있는 의사 래니온 박사가 거기에 살고 있었다. 개인 병원으로도 쓰고 있는 그의 집은 언제나 환자들로 북적거렸다. "누군가 사정을 알고 있다면 그건 래니온밖에 없을 거야." 어터슨은 생각했다.

완고하게 생긴 집사가 어터슨을 알아보고는 반갑게 맞이했다. 어터슨은 곧장 래니온이 있는 거실로 안내되었다. 래니온 박사는 혼자 포도주를 마시고 있었다. 나이에 비해 흰머리가 많은 편이었지만 쾌활하고 열정적인데다 과감성까지 갖춘 인물이었다. 어터슨을 본 래니온이 의자에서 벌떡 일어나더니 두 팔을 벌려 환영했다. 조금 과장된 듯했지만 어터슨은 그것이 진심임을 알고 있었다. 어터슨과 래니온은 오랜 친구였고 대학교도 함께 다닌 사이였다. 오랜 친구라서가 아니더라도 두 사람은 서로를 존경했고 늘 좋은 관계를 유지했다.

잠시 이런저런 대화를 이어가던 중 어터슨이 현재 가슴을 짓누르고 있는 고민에 대해 털어놓았다.

"래니온, 자네와 난 헨리 지킬의 가장 오랜 벗임에 틀림없네, 그렇지?"

래니온 박사가 빙긋 웃으며 말했다. "내 친구들이 좀 더 젊었으면 좋겠지만… 어쨌든 맞는 말이지. 그런데 지킬에게 무슨 일이라도 있나? 나도 요즘 그 친구를 통 보지 못해서 말야."

"그런가?" 어터슨이 말했다. "전공 분야가 같아서 자네는 그 친구와 자주 연락하는 줄 알았는데?"

"전엔 그랬었지." 래니온이 대답했다. "하지만 십 년도 더 되었을 거야. 헨리가 이상한 망상에 사로잡힌 뒤부터는 그를 잘 만나지 못했네. 그 친구는 점점 잘못된 생각에 빠져들어 삐뚤어진 마음을 갖게 되었지. 우정을 생각해서 어떻게든 설득해 보려 했지만 일이 점점 고약하게 흘러가더군. 그 친구의 이치에 닿지 않는 헛소리를 듣다 보면 아무리 다몬과 핀티아스라 하더라도 사이가 멀어졌을 걸세.*" 이렇게 말하는 래니온의 얼굴이 붉으락푸르락했다.

래니온이 이렇게 화를 내자 어터슨은 오히려 마음이 놓였다. 래니온과 지킬 사이에 단지 과학적인 견해의 차이가 있었을 뿐이라고 그는 생각했다.

부동산 양도 문제라면 모를까, 과학적 의견 따위엔 전혀 관심이 없던 어터슨은 "둘 사이가 더 이상 나빠질 일은 없겠군." 하고 생각했다. 래니온이 흥분을 가라앉히기를 기다리던 어터슨이 마침내 마음에 담고 있던 질문을 했다. "혹시 헨리가 뒤를 봐주고 있는 하이드린 사람에 대해 들어본 적이 있나?"

"하이드? 아니, 한 번도 들어본 적이 없는 이름인데?"

그날 어터슨은 래니온이 하이드에 대해선 아무것도 아는 게 없다는 사실만 확인한 채 발길을 돌려야 했다. 자기 방으로 돌아온 그는 불도 켜지 않은 채 커다란 침대에 누웠지만 동이 틀 때까지 잠을 이룰 수 없었다.

가까운 교회당에서 여섯 시를 알리는 종소리가 울렸을 때에도 어터슨은 문제와 씨름하고 있었다. 처음엔 하나의 문제만으로 고

★ 다몬과 핀티아스는 고대 피타고라스 학파의 철학자들로, 둘의 우정을 말해주는 일화로 유명하다. 시라쿠사이의 참주 디오니시오스 1세로부터 사형 선고를 받은 핀티아스가 가족과의 마지막 작별을 위해 잠시 석방된 사이 다몬이 자기 목숨을 담보로 대신 갇혔고, 핀티아스가 약속대로 돌아오자 참주는 두 사람을 모두 풀어 주었다는 이야기다.

민했지만, 여기에 온갖 상상들까지 덧붙여지면서 머릿속은 점점 복잡해져 갔다. 커튼이 쳐진 어두운 방 안에서 누웠다 일어났다를 반복하던 어터슨은 엔필드가 말한 이야기 속 장면들을 하나하나 떠올려 보았다. 깜깜한 도시의 밤거리에 가로등 불빛이 늘어서 있고 바쁘게 걸어가는 한 사내의 모습이 보인다. 그리고 의사의 집에서 달려 나오는 아이도 보인다. 곧이어 두 사람이 마주치며 괴물로 변한 사내가 아이를 짓밟는다. 이윽고 터져 나오는 아이의 비명소리! 하지만 사내는 아이를 길바닥에 내팽개쳐 두고 달아나 버린다. 곧이어 어터슨의 눈앞에 지킬 박사의 방이 나타나고, 거기에서 친구는 잠들어 있다. 미소를 띤 채 달콤한 꿈에 빠져 있는 지킬 박사. 그때 방문이 열리고 누군가 거칠게 휘장을 열어젖힌다. 잠을 깨우는 소리에 지킬은 침대 맡에 거부할 수 없는 어떤 힘이 자기를 내려다보고 있음을 느낀다. 이제부터 지킬은 잠들어 있는 시간에도 일어나 그의 명령을 따라야 한다. 이 두 개의 장면이 밤새 변호사의 머릿속을 떠나지 않고 맴돌았다. 그가 깜빡 잠이 들면 환영 속의 사내는 모두가 잠에 빠진 집 안을 몰래 돌아다녔다. 그리고 현기증이 날 만치 빠른 속도로 미로로 이어진 도시의 가로등 사이를 질주하다가 모퉁이에서 아이와 마주칠 때마다 희생자의 비명소리만 남긴 채 사라졌다.

어터슨의 꿈속에서 사내는 결코 얼굴을 드러내는 법이 없었다. 언뜻 얼굴이 보이려는 순간 마치 눈이 녹듯 시야에서 사라져 버렸다. 그래서 어터슨의 마음속엔 하이드의 얼굴을 확인해 보고 싶다는 비정상적일 정도의 강렬한 욕구가 솟아올랐다. 한번만 그의 얼굴을 눈으로 확인할 수 있다면 모든 의혹이 실타래처럼 풀려나갈 것 같았다. 왜냐하면 모든 의혹이란 게 단 하나의 실마리에서 시작되어 풀려 나가기 마련이니까! 하이드란 자를 만나 볼 수만 있다면 그에 대한 지킬의 비정상적인 편애와 집착(그걸 뭐라고 불러도 좋다!), 유언장에 적힌 의심스러운 조항들까지 내막을 한꺼번에 알아낼 수 있을 것 같았다. 아니, 그렇지 않아도 그의 얼굴은 꼭 한번 보고 싶었다. 왜냐하면 그토록 냉담하고 무덤덤한 엔필드마저 한번 보는 것만으로 증오의 감정을 느끼게 만드는 인물을 그도 꼭 한번 만나고 싶었기 때문이다.

그날부터 어터슨은 상가 뒷골목에 있는 그 집 문 앞을 서성이기 시작했다. 아침 일과가 시작되기 전이든, 일이 바쁘든, 오후든, 한낮의 태양 아래서든, 도시의 안개에 싸인 달빛 아래서든, 사람들로 북적일 때든, 아무도 없을 때든, 어터슨은 낮과 밤을 가리지 않고 같은 자리에 나타났다. "그가 숨은 자(Hide)라면 난 찾는 자(Seek)이다." 어터슨은 이렇게 다짐했다.

그리고 그의 오랜 기다림은 마침내 보상받을 수 있었다. 공기가 맑고 건조했던 어느 쌀쌀한 밤이었다. 미풍조차 없는 거리는 무도회장 마룻바닥처럼 깨끗했고, 간격을 맞춰 늘어선 가로등은 미동도 없는 가로수의 그림자를 비추고 있었다. 열 시쯤 되어 가게들이 문을 닫자 런던 시내 전체에 깔린 소음에도 불구하고 골목길은 적막해졌다. 집안에서 나누는 말소리가 길 건너편까지 들리고 다가오는 행인의 기척을 먼 곳부터 들을 수 있을 정도였다.

같은 자리에 몇 분을 서 있던 어터슨의 귀에 조금 특이한 발자국 소리가 들려왔다. 자율 방범 순찰대원으로 활동했던 어터슨은 웅성이고 달그락대는 도시의 소음을 뚫고 들리는 사람 발자국 소리를 익숙하게 구별할 수 있었다. 하지만 그날의 발자국 소리는 더 날카롭고 또렷하게 그의 귀에 들렸다. '드디어!' 하는 강하고 미신적인 예감에 그는 골목 안으로 재빨리 몸을 숨겼다.

빠르게 다가오던 발자국 소리가 모퉁이를 도는 순간 갑자기 커졌다. 골목 입구에서 고개를 살짝 내민 어터슨은 마침내 사내를 볼 수 있었다. 작은 키에 수수한 옷차림을 한 사내는 멀리서 보이는 것만으로도 까닭 없는 적의를 불러일으켰다. 사내는 한시가 급하다는 듯 빠른 걸음으로 길을 가로질러 집 문 앞에 멈춰 섰다. 그리곤 제 집에서 하듯 호주머니에서 열쇠를 꺼냈다.

어터슨이 사내 쪽으로 다가가 어깨를 두드렸다. "혹시 하이드 씨가 맞나요?"

하이드가 "헉!" 하는 신음소리와 함께 흠칫 뒤로 물러섰다. 하지만 놀람도 잠시, 그는 뒤도 돌아보지 않은 채 차가운 목소리로 대답했다. "맞소만. 무슨 일이시죠?"

"이 집으로 들어가려는 것 같아서요." 어터슨 변호사가 말했다.

"저는 어터슨이라고 하는데 지킬 박사의 오랜 친구이죠. 건트 가에 살고 있습니다. 아마 제 이름을 들어보셨을 겁니다. 마침 이렇게 만나서 다행이군요. 함께 들어가도 되겠습니까?"

"지킬 박사는 지금 만날 수 없습니다. 외출 중이라서요." 열쇠에 입김을 불어넣으며 하이드가 대답했다. 그리고 여전히 어터슨 쪽으로는 몸도 돌리지 않은 채 물었다. "한데, 저를 어떻게 아시죠?"

"그보다 먼저 부탁 하나만 해도 되겠소?" 어터슨이 말했다.

"말씀하십시오. 뭔가요?" 상대방이 대꾸했다.

"제 얼굴을 좀 보고 말씀하실 수 없을까요?"

하이드가 약간 망설이는 듯하더니 결심한 듯 어터슨을 향해 돌아섰다. 둘은 몇 초 동안 얼굴을 마주보았다. "이제 좀 도움이 될 것 같군요. 다시 만나게 되면 얼굴을 알아볼 수 있을테니까요." 어터슨이 말했다.

"다행이군요. 이렇게 만났으니 제가 사는 집 주소라도 알려드리죠." 그렇게 말하며 하이드는 소호에 있는 어느 거리의 주소를 알려주었다.

어터슨은 놀랐다. "이런! 이 자도 지금 유언장을 염두에 두고 있는 걸까?" 하지만 어터슨은 아무 내색도 없이 주소를 알려주어 고맙다고만 대답했다.

"그런데…." 이번엔 상대가 말했다. "저를 어떻게 아시죠?"

"이야기를 들었습니다."

"누구한테요?"

"우리가 함께 아는 친구 중…"

순간 하이드의 갈라진 목소리가 말을 가로막았다. "그게 누구죠?"

"그러니까 지킬이라든가…" 어터슨이 대답했다.

순간 갑자기 하이드가 정색을 하며 소리쳤다. "그는 당신에게 그런 말을 한 적이 없소! 어디서 그따위 거짓말을…"

"말씀이 너무 지나치시군요." 어터슨이 항변했다.

그러자 하이드의 으르렁거림은 이내 거친 웃음소리로 변했고, 눈 깜짝할 사이 문을 열고 집 안으로 사라졌다.

하이드가 사라진 뒤 어터슨은 불길한 예감에 휩싸인 채 한동안 그 자리에 서 있었다. 그리고 겨우 정신을 차려 길을 따라 천천히 걸어갔지만, 머릿속이 복잡한 듯 한두 걸음 걷다가 멈춰 서서 이마에 손을 짚곤 했다. 그의 발길을 잡는 문제는 쉽게 해결될 성질의 것이 아니었다. 창백한 낯빛에 뒤틀린 육신을 지닌 하이드라는 사내는 꼬집어 말할 순 없지만 뭔지 모르게 혐오감을 불러일으키는 인물이었다. 어터슨에게 보여준 태도에는 경계심과 더불어 대범함과 난폭함이 뒤섞여 있었다. 그는 목이 쉰 듯 갈라진 목소리로 웅얼거리듯 이야기하며 기분 나쁜 웃음을 짓곤 했다. 그가 지닌 모든 것들이 혐오감을 불러일으켰지만, 그가 만들어내는 증오와 역겨움, 공포 등의 이유에 대해선 딱히 설명할 길이 없었다. "분명히 뭔가 있어." 혼란에 빠진 신사는 중얼거렸다. "뭔가 있는데 결정적으로 짚이는 데가 없어. 오! 정말 놈은 인간이 아니었어! 동굴 속에 사는 짐승 같다고나 할까? 옛이야기 속 펠 박사를 떠오르게도 하고! 신이 인간을 만들 때 더러운 영혼이 스며들면 저런 뒤틀린 모습이 될까? 한데 불쌍한 헨리는 어쩌다가 사탄의 징표를 지닌 저런 자와 엮이게 되었을까?"

골목을 빠져나와 모퉁이를 돌자 반듯하고 고풍스러운 집들이 늘어선 지역이 나타났다. 하지만 이곳도 이미 과거의 영화는 사라지고 퇴락한 건물마다 지도 제판사, 건축가, 불법 변호사 아니면 무슨 일을 하는지 알 수 없는 사람들이 방을 나누어 거주하고 있었다. 모퉁이를 돌아 두 번째 집만이 유일하게 한 사람의 소유로 되어 있었다. 하지만 부채꼴 창에서 흘러나오는 불빛만이 유일하게 부와 안위를 증언해 줄 뿐, 그마저 없었더라면 이 저택 또한 완벽한 어둠 속에 묻혀버리고 말았을 터였다. 저택 앞에 발길을 멈춘 어터슨이 문을 두드렸다. 잘 차려입은 늙은 집사가 문을 열어주었다.

"지킬 박사는 안에 계신가, 풀?"

"계신지 보고 오겠습니다. 어터슨 선생님."

풀이 어터슨을 낮은 천장이 있는 홀로 안내하며 말했다. 바닥에 포석이 깔린 홀에는 값비싼 떡갈나무 진열장들이 늘어섰고, 시골풍의 개방식 벽난로가 따뜻하게 실내를 덥혀주고 있었다. "난롯가에서 잠깐 기다리시겠습니까? 아니면 식당 불이라도 켜 드릴까요?"

"여기가 좋아. 고맙네." 어터슨이 벽난로 난간에 몸을 기대며 말했다. 그가 있는 홀은 지킬 박사가 가장 좋아하는 장소로, 어터슨 또한 이곳을 런던에서 가장 편안한 방이라 칭찬하곤 했다. 그러나 오늘따라 어쩐지 혈관이 얼어붙는 듯 오싹한 기분이 들었다. 아마 하이드의 잔상이 기억 속에 남아있는 탓이리라. 어터슨은 지금껏 어떤 생명체에 대해 이토록 불쾌하고 구역질나는 느낌을 가져 본 적이 없었다. 기분 때문인지, 너울대는 난로의 불빛을 반사하는 장식장이며 천장 위에서 어른대는 그림자들이 모두 자신을 위협하고 있는 듯했다.

풀이 들어와서 지킬 박사가 외출중이라고 말했을 때 어터슨은 안심이 되었지만 한편으론 그런 자신이 부끄러웠다.

"전에 해부실로 쓰던 방으로 하이드 씨가 들어가는 걸 봤네." 그가 말했다. "지킬 박사도 없이 맘대로 드나들던데, 그래도 괜찮은 건가?"

"하이드 씨도 방 열쇠를 가지고 있는 걸요." 집사가 말했다.

"자네 주인이 그 친구를 꽤나 믿는 모양이군." 어터슨이 생각에 잠긴 채 말했다.

"무척이나요." 풀이 말했다. "저희한테도 하이드 씨 말을 잘 따르라고 신신당부하셨는걸요."

"나는 하이드란 사람을 한 번도 본 적이 없는 것 같은데?" 어터슨이 말했다.

"물론 그러실 겁니다. 하이드 씨가 집에 와서 식사를 하거나 하는 일은 없으니까요." 집사가 말했다.

"하이드 씨는 이쪽으로 건너오시는 일이 거의 없고 실험실 쪽으로만 드나드십니다."

"그래 알았네. 난 이만 가 봄세."

"안녕히 가십시오, 어터슨 씨."

어터슨은 무거운 마음을 간직한 채 집으로 향했다. "가엾은 헨리 지킬!" 어터슨은 생각했다. "아니길 바라지만, 헨리는 지금 나쁜 상황에 처해있는 게 틀림없어! 젊었을 때는 꽤나 거칠게 살았지만 그건 이미 오래 전의 이야기 아닌가? 하지만 분명해! 하나님의 법정엔 시효라는 게 없는 법. 오래 전에 저지른 죄의 유령이 암처럼 잠복해 있다가 이제야 나타난 거야! 아무 죄책감도 없이 기억 속에 묻어두었던 징벌이 발을 절룩거리며 그를 찾아다니고 있는 건지도 몰라!" 어터슨 변호사는 이런 생각을 하다가 소스라치게 놀라며 자신의 기억들을 하나하나 떠올려 보았다. 혹시라도 기억에서 지워졌던 악행들이 도깨비상자처럼 불쑥 튀어나올지 모를 일이었다. 어터슨은 자신이 정직한 삶을 살았다고 자부하고 있었다. 인생을 되짚어 볼 때 그처럼 부끄러움 없는 삶을 살아온 사람도 드물 것이다. 하지만 다시금 과거를 하나하나 되돌아보면서 그는 작은 허물에 부끄러워했고, 저지를 뻔했지만 겨우 모면한 잘못들에 대해 안도감과 감사의 마음을 가졌다. 그리고 본래의 생각으로 되돌아오자 갑자기 희망의 빛이 보이는 듯했다. "그래, 하이드란 자를 더 조사해 보면 감추어졌던 비밀이 드러날 수도 있어. 그 자의 어두운 비밀에 비하면 가엾은 지킬의 그것은 햇살만큼이나 투명할 거야. 이대로 그냥 내버려둘 순 없어. 헨리의 침대 맡에 들러붙어 피를 빨아먹고 있을 그 자를 생각하면 정말 소름이 끼치는군. 불쌍한 헨리. 어서 일어나게! 하이드가 유언장의 존재를 알아차렸다면 하루빨리 상속을 받기 위해 무슨 짓을 벌일지 몰라. 어떻게든 도와야 해. 아, 지킬의 동의가 있어야 하는데!" 다시 한 번 그의 머릿속엔 수상한 유언장의 구절들이 떠올랐다.

지킬 박사에겐 아무 일도 없었다

그로부터 두 주 뒤, 지킬 박사가 오랜 친구 대여섯 명을 불러 저녁식사 자리를 마련했다. 초대받은 손님들 모두 와인을 즐길 줄 아는, 학식 있고 존경 받는 인물들이었다. 어터슨은 다른 사람들이 자리를 뜬 뒤에도 계속 자리에 남아있기로 했다. 식사 후 둘만 남아 있는 건 자주 있는 일이었다. 사람들은 일단 친해지기만 하면 어터슨을 좋아했고, 그래서 술 취해 횡설수설하던 사람들이 돌아간 뒤에도 어터슨과 함께 남아 있고 싶어했다. 유쾌함을 간직한 채 소중한 침묵 속에서 술 취하지 않은 상태의 고즈넉한 대화를 즐기고 싶어서였다. 이는 지킬 박사도 예외는 아니어서 벽난로를 마주하고 앉은 그의 얼굴에는 (키가 크고 균형 잡힌 몸매에 차분한 표정을 지닌 오십대의 지킬은 조금은 딱딱한 듯해도 유능함과 겸양을 함께 갖춘 사내였다.) 친구에 대한 신뢰와 동반자로서의 애정이 드러나 있었다.

"지킬, 실은 자네에게 하고 싶은 말이 있어." 어터슨이 말을 꺼냈다. "자네 유언장에 관한 이야기일세."

지킬 박사는 더 이상 그런 얘기는 하고 싶지 않다는 기색이 역력했지만 유쾌하게 받아넘겼다. "가엾은 어터슨! 못난 의뢰인 때문에 고생이 많구먼. 내 유언장 따위에 그토록 신경을 써주는 건 자네밖에 없을 거야. 아, 물론 내 주장이라면 무조건 이단으로 몰아붙이는 고집쟁이 래니온도 있지! 그래, 나도 알아. 래니온이 좋은 친구라는 걸. (얼굴 찌푸리지 말게나!) 물론 그는 훌륭한 친구고 그래서 나도 이해해 보려고 노력하고 있다네. 하지만 고루함이 몸에 배어 있고 무지한데다 고집불통이기까지 하니…. 난 정말 래니온에게 실망했다네."

"이미 자네에게 얘기했지만, 난 그 유언장을 도무지 이해할 수 없다네." 어터슨은 곧장 본론으로 들어갔다.

"내 유언장 말인가? 아, 물론 나도 알지." 지킬 박사가 조금은 목청을 높여 말했다. "그건 이미 자네도 얘기했지 않나."

"그래, 여러 차례 얘기했었지." 어터슨이 말했다. "하지만 내가 하이드란 친구에 대해 좀 더 알아 봤는데…."

순간 지킬 박사의 크고 잘 생긴 얼굴이 일그러지고 입술이 하얘졌다. "그런 얘기라면 더는 듣고 싶지 않네." 말하는 지킬의 눈가가 어두워졌다. "그 문제에 대해선 다시 거론하지 않기로 하지 않았나?"

"그에 대한 아주 안 좋은 소문을 들었어." 어터슨이 말했다.

"아니, 그래 봐야 달라질 건 아무것도 없네. 자넨 지금 내가 어떤 상태에 있는지 이해하지 못해." 지킬 박사가 허둥대며 말을 이었다. "어터슨, 난 지금 매우 곤란한 상황에 처해 있네. 이럴 수도 저럴 수도 없는 아주 묘한 상황이야. 말로는 설명하기 힘들지만…."

"이보게 헨리." 어터슨이 말했다. "자넨 날 알지? 날 한번 믿어 보지 않겠나? 믿고 다 털어놔 봐. 틀림없이 자넬 곤경에서 구해줄 방도가 생길 거야."

"그래, 어터슨. 자넨 정말 좋은 친구야." 지킬이 말했다. "자네에게 고맙다는 말을 먼저 하고 싶군. 정말이지 어떻게 고마움을 표해야 할지 모르겠어. 난 누구보다도 자넬 믿네. 그래. 나 자신보다 자넬 더 믿는다면 이해하겠나? 하지만 자네가 상상하는 그런 일은 결코 없어. 자네 생각하는 만큼 일이 나쁘게 흘러가고 있진 않네. 그러니 안심하게. 한 가지만 더 말한다면, 내가 원하면 언제든 하이드를 쫓아낼 수 있다는 거야. 이건 내 명예를 걸고 맹세할 수 있네. 정말 걱정해 줘서 고마워. 그리고 한 가지만 더 부탁할 게 있는데 어터슨 자네는 언제든 내 편이 되어 주었으면 하네. 이번 일은 내 개인적인 문제이니 이대로 덮어두었으면 해."

어터슨이 난로의 불빛을 바라보며 잠시 생각에 잠겼다. 그리고 잠시 후 자리에서 일어나며 결심한 듯 말했다. "그래, 자네 말이 다 맞네. 그렇게 하도록 하지."

"이왕 얘기가 나왔으니 마지막으로 한 가지만 더 부탁하겠네."
지킬이 이어 말했다. "자네의 양해를 구할 게 있어. 난 저 가엾은
하이드란 젊은이에게 관심이 많다네. 자네가 하이드를 만났다는
것도 알고 있어. 그 친구가 내게 말하더군. 혹시 그가 무례하게 굴
었다면 용서해 주게나. 어쨌든 내가 그 친구에게 특별한 관심을 기
울이고 있다는 사실만은 알아주게. 그래서 말인데, 만약 내가 갑자
기 사라지면 어렵더라도 어터슨 자네가 그를 돌봐 주게나. 사정을
알고 나면 자네도 그리 하게 될 걸세. 자네가 약속해준다면 내 맘
이 한결 편할 거야."

"억지로 그를 좋아할 수는 없네." 어터슨이 대답했다.

"그래, 그것까진 바라지 않아." 지킬이 어터슨의 팔에 손을 얹으
며 사정하듯 말했다. "단지 법이 정한 절차대로만 해달라는 거야.
내가 더 이상 곁에 없을 때 내 대신 그를 도와달라는 얘기지."

어터슨은 어쩔 수 없다는 듯 한숨을 내쉬며 말했다. "그래. 약속
함세."

커루경피살사건

그로부터 일 년쯤 지난 18XX 년 10월 어느 날, 흉악한 범죄 사건으로 인해 런던 시내가 떠들썩해졌다. 희생자가 고위직에 있는 사람이었기에 파장은 더 컸다. 사건의 개요는 단순하면서도 충격적이었다. 밤 열한 시경 강에서 멀지 않은 곳에 혼자 사는 하녀 하나가 잠자리에 들기 위해 위층으로 올라갔다. 그 시각이면 도시는 늘 안개에 싸여 있었지만 그날따라 날씨는 구름 한 조각 없이 맑았다. 하녀의 방에서 내려다 본 골목은 보름달로 환하게 밝혀져 있었다. 아마 꽤나 낭만적인 성품인 듯, 하녀는 상자 하나를 놓고 걸터앉아 창밖을 내다보고 있었다. 살아오면서 세상이 그날처럼 평화로워 보이고 세상 사람들이 친근해 보인 적은 없었다며 진술할 때마다 하녀는 눈물을 훔쳤다. 창가에 앉아있던 그녀가 골목길을 걸어오는 멋진 백발의 신사를 본 것은 그때였다. 골목 반대편에서는 키가 아주 작은 남자가 걸어오고 있었지만 하녀는 거기엔 눈길도 주지 않았다.

어쨌든, 두 사람이 서로 대화할 수 있을 만한 거리(하녀가 있던 창문 밑)에 이르렀을 때 노신사는 상대방에게 반갑게 인사를 건네며 말을 걸어 왔다. 노신사가 건넨 말은 그다지 중요한 것 같지 않았다. 어딘가를 가리키는 걸로 보아 길을 물어보는 것 같기도 했다. 어쨌든 하녀가 보기에 달빛에 비친 노신사의 얼굴은 무척이나 멋져 보였다.

노신사의 행동에는 순진함과 친절함이 묻어났고 고매한 기품 속에는 타고난 자부심이 드러나 보였다. 그리고 다시 반대편에서 오던 사내 쪽으로 눈을 돌린 하녀는 그가 전에도 자기 주인을 찾아온 적이 있는, 한눈에도 불쾌한 인상을 풍기던 하이드란 사내란 걸 알아보고 소스라치게 놀랐다. 하이드는 묵직한 지팡이를 손으로 만지작거리고 있었다.

한데 대꾸 한마디 없이 뭔가 참을 수 없다는 듯한 태도로 듣고 있던 그가 갑자기 불같이 화를 내며 지팡이를 휘두르고 발을 구르며 (하녀의 표현대로라면) 미친놈처럼 날뛰기 시작하는 것이었다. 몹시 놀란데다 부상까지 입은 노신사가 주춤주춤 뒷걸음질 치며 물러났다. 그러자 완전히 이성을 잃은 하이드가 지팡이를 휘둘러 노신사를 땅에 쓰러뜨리더니 성난 원숭이처럼 짓밟고 두들겨대기 시작했다. 뼈가 부서지는 소리와 함께 노신사의 몸뚱어리는 길바닥에 널브러졌고, 그 끔찍한 광경에 하녀는 그만 기절하고 말았다.

하녀가 다시 정신을 차리고 경찰을 부른 건 새벽 두 시쯤이었다. 살인자는 이미 사라지고 골목길엔 믿기 힘들 만치 처참하게 짓이겨진 시신만 나뒹굴고 있었다. 이 끔찍한 살인에 사용된 지팡이는 흔히 보기 힘든, 단단하고 무거운 재질로 만든 것이었다. 지팡이는 무자비하게 휘두른 폭력으로 두 동강이 나 한 토막은 도랑에 뒹굴고 다른 한 토막은 살인자가 가져가 현장에 없었다. 희생자의 몸에서는 금시계와 지갑이 발견되었으며 명함이나 신분증 같은 건 없었다. 그리고 우체국에서 부치려 했는지 봉인된 편지가 발견되었다. 겉봉에 어터슨의 이름과 주소가 씌어 있었다.

편지는 다음날 아침 어터슨이 침대에서 빠져나오기도 전에 전달되었다. 편지를 본 어터슨이 침통한 표정으로 입술을 깨물었다. "시신을 보기까진 뭐라고 말씀드릴 수 없지만, 사태가 심각한 모양이군요. 옷을 입을 동안 잠시만 기다려 주시겠습니까?" 내내 굳은 표정으로 서둘러 아침식사를 마친 뒤 어터슨은 시체가 안치되어 있는 경찰서로 향했다. 시체가 누워있는 방에 들어서자마자 어터슨이 고개를 끄덕였다.

"예, 제가 아는 사람이 맞습니다. 말씀 드리기 괴롭습니다만, 이분은 댄버스 커루 경입니다."

"그게 정말입니까?" 경관이 놀라 외쳤고, 곧 직업적 야망으로 눈을 빛내며 덧붙였다. "세상이 온통 시끄러워지겠군요. 선생께서도 범인을 잡는 데 협조해주시길 바랍니다." 경관은 어터슨에게 하녀가 목격했다는 장면을 짧게 설명한 뒤 부러진 지팡이를 보여주었다.

어터슨은 하이드의 이름을 듣는 순간 몸을 떨었고, 부러진 지팡이를 본 순간 아무것도 부인할 수 없었다. 두 동강이 났지만, 어터슨은 그것이 자신이 몇 해 전 헨리 지킬에게 선물한 지팡이란 걸 알 수 있었다.

"하녀가 본 하이드 씨가 왜소한 체구의 사내가 맞습니까?" 어터슨이 물었다.

"하녀의 표현대로라면, 눈에 띄게 작고 사악하게 생겼다고 했습니다." 경관이 대답했다.

잠시 생각에 잠겨 있던 어터슨이 고개를 들었다. "제 마차를 타고 가시죠. 제가 그의 집을 압니다."

아침 아홉 시경이었다. 막 겨울에 접어드는 때라 안개가 자욱하게 깔려 있었다. 대기 중에 초콜릿색의 거대한 안개가 낮게 드리워져 있었는데, 바람이 줄기차게 안개를 모으고 흩트리기를 반복했다. 천천히 달리는 마차 안에서 어터슨은 아침햇살 아래 시시각각 빛깔을 바꾸며 물드는 대기를 바라보았다. 한쪽은 늦은 저녁의 황혼처럼 어두웠지만 다른 쪽은 거대한 화염에 휩싸인 듯 짙은 밤색으로 물들어 있었다. 그리고 다른 쪽에선 안개가 소용돌이치며 갈라져 순식간에 한 줄기 빛의 통로가 만들어지기도 했다.

변화무쌍한 풍경 너머로 소호지역의 진흙탕 길과 그곳을 질퍽이며 걸어가는 행인들, 그리고 늘 켜져 있는 건지 안개가 다시 어둠을 몰고 올까봐 미리 켜놓은 건지 알 수 없는 가로등 불빛이 눈에 들어왔다. 어터슨의 눈에는 그것이 악몽 속에 등장하는 도시의 모습처럼 보였고, 기분까지 그래서인지 주변이 온통 우울함에 물들어 있는 듯했다. 옆자리에 앉은 경관을 바라보니 법률과 법률 집행자들에게서 풍기는 위압감이 느껴졌다. 가장 정직한 사람도 때론 이런 공포에 무방비 상태로 놓이게 될 때가 있다.

목적지에 도착했을 때엔 안개가 조금 걷혀 있었다. 그 너머로 지저분한 거리와 술집의 화려한 간판, 싸구려 프랑스 음식점, 통속잡지나 샐러드를 파는 구멍가게 등이 보였고, 누더기를 걸친 채 현관문 앞에 모여 노는 아이들과 손에 열쇠를 쥐고 아침부터 술 한 잔을 걸치러 나온 다양한 국적의 여자들도 보였다. 하지만 곧 안개가 다시 거리를 덮으면서 피폐한 동네의 풍경은 시야에서 사라지고 말았다. 바로 이곳에 헨리 지킬이 감싸고돌며 25만 파운드의 거액을 물려주기로 되어있는 인물이 사는 집이 있었다.

피부가 새하얀 백발의 노파 하나가 문을 열어주었다. 노파는 사나운 얼굴을 가식적인 표정으로 감추고 있었지만 사람을 대하는 태도만은 더없이 훌륭했다.

여기가 하이드씨의 집인 건 맞지만 지금은 안에 안 계시다는 노파의 대답이 돌아왔다. 전날 밤 늦게 들어왔다가 한 시간도 안 돼 다시 나갔다는 것이었다. 불규칙한 생활에 자주 집을 비우기 때문에 별로 이상할 것도 없으며, 이번에도 두 달이나 보이지 않다가 어제야 집에 돌아온 거라는 이야기도 덧붙였다.

"잘 알겠습니다. 하이드 씨의 방을 좀 볼 수 있을까요?" 노파가 안 된다고 말하려는 순간 어터슨 변호사가 재빨리 말했다. "이분이 누구신지부터 말씀드려야겠군요. 이분은 런던경찰국의 뉴커먼 경위입니다."

노파의 얼굴에 그럼 그렇지 하는 미소가 떠올랐다 "이런! 그 양반이 무슨 사고라도 친 모양이군요. 대체 무슨 일일까요?"

어터슨과 경위가 눈길을 주고받았다. 경위가 노파의 눈치를 살피며 말했다. "하이드 씨의 평판이 별로 좋지 않은 모양이군요. 그럼 부인, 이제 이분과 함께 방을 살펴보아도 될까요?"

노파가 없었으면 빈집이나 다름없을 대저택에서 하이드는 방 두 개만 쓰고 있었다. 그러나 그의 방은 고급 취향의 호화로운 가구들로 채워져 있었고 벽장은 고급 와인들로 가득했다. 테이블보는 우아했고 식기들은 은으로 되어 있었다. 벽에는 훌륭한 그림들이 걸려 있었는데, 어터슨이 보기에 그림에 조예가 깊은 헨리 지킬이 선물한 것이 틀림없었다. 양탄자는 색상도 훌륭할뿐더러 여러 겹으로 짜인 고급품이었다. 그러나 최근 급하게 방을 뒤졌는지 군데군데 어질러진 흔적이 있었다. 옷가지들은 호주머니가 뒤집어진 채로 바닥에 흩어져 있고 서랍 또한 자물쇠가 열린 채였다. 벽난로에는 문서들을 급히 태운 듯 거뭇한 재가 수북이 쌓여 있었다. 경위는 잿더미 속에서 타다가 만 녹색 수표책을 찾아냈다. 부러진 지팡이의 반쪽도 문 뒤에서 발견되었다. 지팡이를 찾아내 혐의를 입증할 수 있게 되자 경위는 화색을 감추지 못했다. 은행을 방문하여 하이드의 계좌에 수천 파운드가 입금되어 있다는 사실까지 확인한 형사는 더없이 만족해 했다.

"이 정도면 충분합니다." 경위가 어터슨에게 말했다. "이제 범인은 제 손바닥 안에 있는 거나 마찬가지예요. 놈도 꽤나 급했던 모양입니다. 그렇지 않다면 부러진 지팡이를 내버려두고 도망치거나 수표책을 태우는 따위의 짓은 하지 않았겠죠. 범인에겐 돈이 목숨만큼이나 소중했을 텐데 말이에요. 이제 수배전단을 뿌려놓고 놈이 나타나기만 기다리면 될 것 같습니다."

하지만 수배전단을 만드는 일은 쉽지 않았다. 하이드를 아는 사람이 거의 없었기 때문이다. 신고를 한 하녀의 집주인도 하이드를 두 번밖에 본 적이 없었다. 가족들에 대한 단서는 물론 사진 같은 것도 남아있지 않았다. 그를 보았다는 사람들이 말하는 인상착의도 저마다 달랐다. 하지만 하이드를 보았던 사람들이 하나같이 동의하는 사실은 그를 본 순간 말로 표현할 수 없을 정도로 기이한 느낌을 받았다는 점이었다.

편지에 관하여

어터슨이 지킬의 집을 찾아간 것은 오후 늦은 시간이었다. 풀이 나와 어터슨을 맞이했다. 주방과 한때 멋진 정원이 있던 뜰을 지나 그는 실험실 또는 해부실이라 불리던 건물로 어터슨을 안내했다. 지킬 박사는 유명한 외과의사의 상속인으로부터 이 정원 안쪽 건물을 사들였다. 그리고 자신의 필요에 따라 해부보다는 화학 실험실 용도로 건물을 개조했다. 오랜 친구인 어터슨도 지킬을 이곳에서 만나는 건 처음이었다. 어터슨은 호기심 어린 눈으로 창문 하나 없는 우중충한 건물을 둘러보았다. 계단식 강의실을 지날 때엔 뭔가 섬뜩한 기분이 들어 주위를 두리번거릴 수밖에 없었다. 한때 학구열에 불타는 학생들로 북적댔을 계단식 강의실은 이미 황폐해져 쓸쓸한 기운만 맴돌고 있었다. 원형으로 된 창에서는 안개처럼 희뿌연 빛이 새어들고 있었다. 실험대 위엔 화학 실험기구들이 그대로 놓여 있었고 바닥에는 포장 끈을 푼 나무상자들이 나뒹굴고 있었다. 계단식 강의실 맨 안쪽으로 난 층계를 오르자 두꺼운 붉은 천으로 싸인 문이 나왔다. 어터슨은 그 문 뒤에 있는 지킬 박사의 밀실로 안내되었다. 유리문으로 된 진열장들이 벽면을 따라 늘어서고 전신거울과 사무용 책상까지 갖춰진 넓은 방엔 쇠창살 달린 창문 세 개가 안뜰로 나 있었다. 벽난로에는 불이 활활 타오르고 있었다. 실내에까지 짙은 안개가 깔린 탓에 난로 위 선반에는 램프가 밝혀져 있었다. 난로 곁에 앉은 지킬 박사는 병색이 짙어 보였다. 그는 손님이 왔는데도 일어서지 않고 차가운 손을 내밀어 악수를 청했다. 그리고 평소와는 다른 목소리로 와 주어서 고맙다는 인사를 건넸다.

풀이 방에서 나가자마자 어터슨이 입을 열었다. "그나저나 자네도 소식은 들었겠지?"

"사람들이 광장에서 떠들어대는 소리를 들었네. 내 집 식당까지 얘기가 들리더군." 지킬 박사가 몸을 떨며 말했다.

"한마디만 하겠네." 어터슨이 말했다. "커루는 자네와 마찬가지로 내 고객이었어. 나도 무슨 일인지 알아야겠네. 자네 설마 그놈을 숨겨줄 정도로 정신이 나간 건 아니겠지?"

"하늘에 대고 맹세하겠네, 어터슨!" 지킬이 말했다. "이제 다시는 그 녀석 쪽으로 눈길조차 주지 않을 거야. 내 명예를 걸고 맹세하네. 이제 그 녀석과의 관계는 끝났어. 더 이상 그놈도 내 도움이 필요치 않을 거야. 그 녀석은 누구보다 내가 잘 알아. 그는 지금 안전한 곳에 있다네. 아주 안전해. 내 말을 믿어주게. 녀석은 다시 나타나지 않을 거야."

변호사는 침울한 얼굴로 이야기를 듣고 있었다. 어터슨은 친구가 이렇게 흥분해 있는 게 마음에 들지 않았다. "그에 대해 꽤나 확신에 차서 얘기하는군." 어터슨이 말했다. "자넬 위해서라도 지금 한 말이 모두 맞길 바라네. 만약 재판이 열리게 되면 자네 이름도 오르내리게 될 테니 말이야."

"놈에 대해선 내가 제일 잘 알아." 지킬이 대답했다. "아무에게도 말할 수는 없지만, 내 판단은 충분한 근거를 가지고 있네. 그나저나 자네에게 조언을 하나 구해야겠어. 편지를 한 장 받았는데 이걸 경찰에게 보여줘야 할지 말아야 할지 판단이 서질 않아. 그래서 자네에게 맡기는 편이 좋지 않을까 싶네. 자네가 현명하게 판단해주길 바라네. 어터슨, 내가 자넬 얼마나 신뢰하는지 알고 있지?"

"그 편지 때문에 하이드가 붙잡힐까봐 걱정이 되는 모양이군." 어터슨이 말했다.

"아니야." 지킬이 대답했다. "하이드 따위는 걱정하지 않아. 그와의 인연은 이제 끝이 났으니까 말이야. 단지 이 사건으로 인해 내 이름에 먹칠을 하게 될까봐 그게 걱정이네."

어터슨은 잠시 생각에 잠겼다. 친구의 냉정함에 놀랐지만 한편으론 안심이 되기도 했다.

"좋아. 편지를 보여주게." 어터슨이 말했다.

편지의 글씨체는 특이할 정도로 기울어짐이 없이 반듯하게 세워져 있었다. 그리고 편지 끝에는 "에드워드 하이드"란 서명이 있었다. 내용은 간단했다. 지킬 박사가 오랫동안 베풀어준 은혜에 보답하지 못하고 떠나 미안하며, 다른 사람들의 눈에 띄지 않는 안전한 곳으로 피신할 방도가 마련되어 있으니 조금도 걱정하지 말라는 내용이었다. 어터슨 변호사는 편지를 보고 마음이 놓였다. 두 사람의 관계가 어터슨이 걱정했던 만큼 친밀하진 않은 것 같았다. 오히려 친구를 지나치게 의심한 것에 대해 스스로를 질책하는 마음이었다.

"봉투는 어디 있나?" 어터슨이 물었다.

"불태워버렸네." 지킬이 대답했다. "아무 생각 없이 한 일이야. 하지만 인편으로 전해 받았기 때문에 우체국 소인 같은 건 찍혀 있지 않았어."

"이 편지를 더 찬찬히 살펴보아도 되겠나?" 어터슨이 물었다.

"모든 판단은 자네에게 맡기겠네." 지킬이 말했다. "나도 이젠 더 이상 나 자신을 못 믿겠어."

"그래. 생각해보지." 어터슨이 대답했다. "한마디만 더 말하겠네. 자네 유언장에 나오는 '실종'에 관한 조항은 하이드의 강요로 넣은 것이었나?"

순간, 난감한 듯 지킬 박사의 눈길이 허공을 더듬었다. 그는 입을 굳게 다문 채 고개를 끄덕였다.

"그럴 줄 알았네." 어터슨이 말했다. "틀림없이 자넬 죽일 생각이었어. 자넨 정말 운 좋게 화를 면한 거야."

"그보다 나는 아주 귀중한 교훈을 얻었어." 박사가 진지한 표정으로 말했다. "오, 정말 귀중한 교훈이었네!" 이렇게 말하며 박사는 두 손으로 얼굴을 감쌌다.

집을 나서다가 어터슨이 풀에게 넌지시 물었다. "오늘 누군가 지킬에게 편지를 전해줬다는데 그 사람이 어떻게 생겼던가?" 그러나 풀은 우편물 외엔 아무것도 온 것이 없었다고 대답했다. "더구나 오늘 온 것들은 모두 정기우편물이었는걸요."

이 말을 듣는 순간 어터슨은 다시 두려움이 밀려오는 걸 느꼈다. 그 편지는 밀실의 문을 통해 전달된 것이 틀림없었다. 아니 어쩌면 밀실 안에서 썼는지도 모를 일이다. 그렇다면 이 사건은 처음부터 다시 판단하고 더 신중하게 접근해야 할 필요가 있다!

신문팔이 소년이 길가에서 목이 쉬도록 외치고 있었다. "호외요! 충격! 하원의원 끔찍하게 살해!" 어터슨의 벗이자 의뢰인이었던 댄버스 경의 죽음을 알리는 소리였다. 그리고 어터슨은 이 충격적인 사건의 소용돌이 속에서 또 다른 벗의 명예가 더럽혀지는 걸 걱정해야 할 처지에 있었다. 어쨌든 이 어려운 문제에 대해 그는 스스로 결정을 내려야 했다. 어터슨은 늘 스스로 모든 문제를 해결해 왔지만 이번만은 누가 조언이라도 해줬으면 하는 마음이 간절

했다. 대놓고 물어볼 수는 없지만 누군가 힌트라도 줄 수 있지 않을까 하는 생각이었다.

집으로 돌아온 어터슨은 자신의 사무장인 게스트를 불렀다. 둘은 벽난로 앞에서 마주 앉았다. 두 사람 사이엔 집 지하창고에 오래 보관되어 있던 포도주 한 병이 놓여 있었다. 안개는 여전히 축축한 도시의 대기 위에 날개를 편 채 깊은 잠에 빠져 있고 그 사이로 홍옥처럼 박힌 가로등만 깜빡이고 있었다. 숨이 막히도록 낮게 내려앉은 안개 속에서도 도시의 삶을 지탱해주는 마차들의 행렬은 거센 바람소리를 내며 끊임없이 질주하고 있었다. 방 안은 난로 열기로 따스했다. 병 속의 포도주는 온기 때문에 산미가 엷어져 있었고, 자줏빛이던 포도주 색도 세월과 함께 스테인드글라스의 색조가 변하듯 시간과 함께 점점 부드러워지고 있었다. 포도밭 언덕에 내리쬐던 가을 오후 햇볕이 런던으로 진군하여 안개를 몰아내고 마침내 도시를 해방시켜 줄 것 같았다. 어터슨의 기분도 점점 누그러졌다. 게스트는 어터슨과 흉금을 터놓을 수 있는 사이였다. 그를 만나면 혼자만 간직하려 마음먹었던 가슴 속 비밀을 자신도 모르게 털어놓곤 했다. 게스트는 일 때문에 종종 지킬 박사의 집을 방문했던 터라 풀과도 잘 알고 지내는 사이였다. 하이드가 그 집을 드나든다는 사실도 풀에게서 들어 알고 있을 터였다. 어쩌면 그가 해법을 제시해 줄 수 있을지도 모른다. 그렇다면 수수께끼를 풀어줄 수 있는 이 편지를 그에게 보여주는 게 좋지 않을까? 특히 필체

감상과 감식에는 일가견이 있는 게스트 아닌가? 기꺼이 도움을 줄 수도 있을 것이다. 게다가 그는 사무장이면서 상담 전문가이기도 하니 서류를 보고 이상한 점을 찾아낼 수도 있을 것이다. 그의 의견을 경청하다 보면 앞으로 이 일을 어떻게 풀어나가야 할지 방향을 잡을 수 있을지도 모른다.

"이번 댄버스 경 사건은 참으로 유감스런 일이야." 어터슨이 말했다.

"예, 정말 그래요. 사람들이 모두 충격에 빠져 있습니다." 게스트가 대답했다. "그 일을 저지른 놈은 아마 미치광이가 틀림없을 겁니다."

"그 사건에 대해 자네 의견이 궁금하군." 어터슨이 말했다. "내가 범인이 쓴 편지를 가지고 있어. 이 일은 우리끼리만 알고 있는 걸로 하세. 나도 이걸 어떻게 처리해야 할지 모르겠어. 고작해야 성가신 일밖엔 안 될 테니 말이야. 이걸 보게. 이게 살인자의 필적이야. 이런 건 자네가 전공이지 않나?"

게스트의 눈이 반짝였고 앞으로 바짝 다가서 꼼꼼히 편지를 들여다보았다. "아니에요!" 그가 말했다. "이건 미친 사람의 글씨가 아닙니다. 좀 특이하긴 하지만요."

"그래, 글을 쓴 것도 그자가 맞는지도 의심스럽고." 변호사가 덧붙였다.

그때 하인이 쪽지 하나를 들고 들어왔다. 사무장이 물었다. "지킬 박사께서 보내신 건가요? 글씨체가 익숙해서요. 편지에 사적인 내용이라도 있습니까?"

"그냥 저녁식사에 초대한다는 내용일세. 왜, 보고 싶은가?"

"잠깐만 볼 수 있겠습니까? 감사합니다." 사무장이 두 장을 나란히 놓고, 적힌 글씨를 꼼꼼히 비교해 보았다. "됐습니다." 두 장의 종이를 돌려주며 그가 말했다. "아주 재미있는 필체네요." 잠시 침묵이 흘렀고 어터슨은 초조해졌다. "게스트, 왜 둘을 비교해 보았나?" 그가 재촉하듯 물었다.

"글씨체가 묘하게 닮은 데가 있어요. 단지 기울기만 다를 뿐이에요."

"그것 참 이상한 일이군." 어터슨이 말했다

"예, 말씀하신 대로 아주 이상합니다." 게스트가 동의했다.

"이 일은 우리끼리만 아는 걸로 하세." 어터슨이 말했다.

"알겠습니다, 변호사님." 사무장이 대답했다.

하지만 그날 밤 혼자 남게 된 어터슨은 그 쪽지를 즉시 금고에 넣어 버렸다. 그리고 이후에도 쭉 쪽지는 금고 속에 보관되었다.

"어떻게 이럴 수가! 헨리 지킬이 살인자를 위해서 편지를 위조했단 말 아닌가!" 어터슨은 온몸의 피가 얼어붙는 것 같았다.

래니온 박사의 죽음

시간은 빠르게 흘러갔다. 댄버스 경의 죽음은 사회적으로 큰 파장을 불러일으켰고 살인 용의자에게는 수천 파운드의 현상금이 걸렸다. 하지만 하이드는 애초 존재하지도 않았다는 듯이 경찰의 수사망에서 감쪽같이 사라져 버렸다. 대신 그의 과거 행적과 관련된 많은 사실들이 밝혀졌는데, 모두가 안 좋은 이야기들뿐이었다. 그의 냉혈함과 잔인성, 폭력성에 관한 소문들과 함께 난잡한 사생활, 수상한 주변 인물들, 이웃과의 원한관계 등에 대한 이야기들이 세상에 알려졌다. 하지만 그가 지금 어디에 있는지에 대한 단서는 하나도 찾아낼 수 없었다. 살인이 있던 날 아침 일찍 소호의 자기 집을 떠난 뒤 그는 완전히 종적을 감추고 말았다.

시간이 흐르자 어터슨도 서서히 충격에서 벗어났고 마음의 안정을 되찾게 되었다. 그가 보기에 하이드의 실종은 지킬 박사에게 어느 정도 댄버스 경의 죽음이 가져온 충격에 대한 보상으로 작용한 듯했다. 사악한 기운을 지닌 자의 영향권에서 벗어나 지킬 박사도 새로운 삶을 시작한 것 같았다. 지킬은 은둔에서 벗어나자 친구들과 다시 어울리기 시작했고, 친구의 집을 드나들거나 자기 집에 친구를 초대하는 등 사회활동을 시작했다. 그는 예전부터 자선을 베푸는 걸 좋아했는데, 이제는 깊은 신앙심까지 지니게 되었다. 바쁘고 활동적인데다 선행까지 베풀면서 그의 얼굴은 한결 환해지고 빛이 났다. 이렇게 두 달이 넘는 기간 동안 지킬 박사의 삶에 평화가 찾아왔다.

1월 8일, 어터슨은 지킬의 집에서 친한 친구 몇 명과 함께 저녁 식사를 하게 되었다. 래니온도 그 자리에 있었다. 집주인은 옛날 삼총사로 불리며 붙어 다니던 시절로 되돌아간 듯 어터슨과 래니온을 번갈아 보며 즐거워했다. 그리고 12일과 14일 어터슨이 지킬의 집을 다시 찾았을 때 그의 집 문은 굳게 닫혀 있었다.

"박사님께서 집 안에만 틀어박혀 아무도 만나려 하지 않으십니다." 풀이 말했다. 15일에도 어터슨이 찾아갔지만 지킬은 만나기를 거부했다.

지난 두 달 동안 매일 만나다시피 하며 가까이 지내던 친구가 갑자기 칩거에 들어가자 어터슨의 마음은 다시 무거워졌다. 그렇게 닷새가 흐른 뒤의 어느 날, 어터슨은 게스트와 저녁식사를 함께했고, 다음날 밤 래니온 박사의 집을 찾아갔다.

래니온 박사는 그와의 만남을 기부하진 않았다. 하지만 그의 집 안에 들어선 순간 어터슨은 친구의 변한 모습에 큰 충격을 받을 수밖에 없었다. 그의 얼굴엔 죽음의 그림자가 역력했다. 그토록 혈색 좋던 얼굴은 창백하게 변해 있었고 몸은 야윈 데다 머리카락마저 눈에 띄게 빠져 훨씬 나이가 들어 보였다. 하지만 어터슨을 놀라게 한 것은 갑자기 늙어버린 친구의 육신이 아니라 눈빛과 태도에서 드러나는 마음 속 깊은 곳의 공포였다. 래니온이 죽음을 두려워한 다는 건 도저히 믿을 수 없는 일이었지만 어터슨은 그렇게 생각할 수밖에 없었다. 어터슨은 속으로 생각했다. "그는 의사니까 자신이 얼마 남지 않았다는 걸 알고 있을 거야. 죽음을 미리 알고 있다는 게 그를 더 견디기 힘들게 만들지도 몰라."

어터슨이 안색이 좋지 않다고 걱정하자 래니온은 숨기지 않고 자신의 삶이 얼마 안 남았음을 시인했다.

"난 너무나 큰 충격을 받았네. 거기에서 벗어날 수가 없을 것 같아." 래니온 박사가 말했다. "난 앞으로 몇 주 더 못 살 걸세. 그래도 난 괜찮은 삶을 살았다고 생각하네. 내 삶을 사랑했지. 그래, 난 내 삶을 사랑했어. 가끔씩 이런 생각을 해. 사람들이 세상에 대해 모든 걸 알게 된다면 차라리 세상을 버리는 게 나을 거라고."

"지킬도 아프다네." 어터슨이 말했다. "그 친구를 만나 봤나?"

갑자기 래니온의 안색이 변하더니 떨리는 손을 허공에 치켜들며 말했다.

"더 이상 지킬을 만나거나 그의 근황에 대해 듣고 싶지 않아!"

그리고 그는 갈라진 목소리로 고함을 질렀다.

"지킬과 나의 관계는 이제 완전히 끝났어. 나는 그를 죽은 사람으로 생각하네. 그러니 자네도 그에 대해 더 이상 얘기하지 말아 주게."

"쯧쯧" 어터슨이 혀를 찼다. 그리고 한동안 아무 말도 하지 않다가 다시 물었다.

"내가 할 수 있는 일이 없을까?" 어터슨이 말했다. "우리 셋은 오랜 단짝 친구가 아닌가? 이제 우리에겐 새로 친구를 사귈 만한 시간이 없어."

"이제 다 소용 없는 일이네." 래니온이 대답했다. "지킬에게 직접 물어보게나."

"지킬은 날 만나려고도 하지 않아." 어터슨이 말했다.

"놀랄 일도 아니지." 래니온 박사가 말했다. "내가 죽으면 그동안 무슨 일이 있었는지 알게 될 날이 올 걸세. 하지만 지금은 아무것도 말해줄 수가 없네. 다른 이야기라면 좋지만 그 빌어먹을 이야기를 계속하려거든 여기서 나가 주게. 더 이상 견디기 힘들어."

어터슨은 집에 돌아오자마자 책상에 앉아 지킬에게 편지를 썼다. 자신을 집에 들이려 하지 않은 데에 대한 불평을 늘어놓은 뒤 래니온과 좋지 않은 감정으로 헤어진 이유에 대해서도 물었다.

다음날 지킬로부터 긴 답장이 왔다. 대부분 애절한 변명의 내용이었으며 여기저기 뜻을 알 수 없는 말들도 적혀 있었다. 편지로 미루어 볼 때 지킬과 래니온의 관계는 더는 돌이킬 수 없는 상태에 이른 것 같았다.

　"오랜 친구를 탓하고 싶진 않네." 지킬 박사는 이렇게 썼다. "하지만 다시는 보지 않는 게 좋을 거라는 래니온의 말에 나도 동감하네. 이제부터 난 철저하게 스스로를 고립시킬 생각이야. 자네 면전에서 내가 문을 걸어 잠그는 일이 있더라도 놀라거나 우정을 의심하진 말아 주게나. 부디 내가 스스로 택한 어두운 길을 가도록 내버려두었으면 해. 지금은 이유를 밝힐 수 없지만 나는 스스로 만든 징벌과 고난의 길을 가려고 하네. 내가 죄인 중의 죄인이라면 가장 큰 고통 또한 감수해야겠지. 사람을 이토록 무력하게 만드는 공포와 고통이 존재하리라곤 상상해 본 적이 없네. 어터슨, 자네가 내 가혹한 운명의 짐을 조금이라도 덜어줄 방도가 있다면 그건 나를 그냥 내버려 두는 걸세."

　어터슨은 깜짝 놀랐다. 지킬 박사가 하이드의 사악한 영향에서 벗어난 뒤엔 예전의 생활과 친구관계를 되찾았다고 생각했다. 일주일 전만 해도 지킬에게서 예전의 행복하고 명예로운 시절로 되돌아갈 수 있으리란 희망을 보지 않았던가? 그런데 우정과 마음의 평화 그리고 평온한 삶이 갑자기 눈앞에서 산산조각 나 버린 것이다. 이렇게 급작스럽고 예상치 못한 변화는 그의 광기에서 비롯된 것으로 해석할 수밖에 없었다. 그러나 래니온의 얘기나 태도로 미루어 볼 때 뭔가 깊이 감추어진 내막이 있는 게 틀림없었다.

일주일 뒤 래니온은 병석에 누웠고 그로부터 보름 뒤에 세상을 떠났다. 애통한 심정으로 장례식에 참석한 다음날 밤, 어터슨은 사무실 문을 잠그고 침울하게 타오르는 촛불을 마주하고 앉아 죽은 친구가 직접 주소를 써서 봉인한 편지를 꺼냈다. 편지봉투엔 "J. G. 어터슨 친전. 만일 수신인이 먼저 세상을 떠날 시엔 개봉하지 말고 파기할 것."이라고 적혀 있었다.

어터슨은 편지를 읽기가 두려웠다.

"오늘 한 친구를 땅 속에 묻었는데, 이 편지를 읽음으로써 또 하나의 친구를 잃게 되는 건 아닐까?"

하지만 이렇게 두려워하는 것이야말로 친구에 대한 신의를 저버리는 일이라 생각하며 봉투를 뜯었다. 겉봉 안에는 봉인된 다른 봉투가 하나 들어 있었다. 안쪽의 봉투에는 "지킬 박사가 실종되거나 죽기 전엔 뜯어보지 말 것"이라고 적혀 있었다.

어터슨은 자기 눈을 의심했다. 분명 '실종'이라고 씌어 있었던 것이다. 어터슨이 오래 전에 돌려주었던 유언장에서처럼 헨리 지킬을 둘러싸고 또다시 '실종'이란 단어가 언급되고 있었다. 지킬의 유언장에서 언급된 '실종'은 하이드의 간교한 음모에서 나온, 자신의 끔찍한 목적을 실현하기 위한 의도에서 쓴 단어가 아니었던가? 그렇다면 래니온은 대체 어떤 의미로 이런 단어들을 썼을까? 뜯어보지 말라는 권유를 무시하고 당장 수수께끼를 밝혀내고 싶은 마음이 수신인을 강하게 사로잡았지만 변호사로서의 명예와 죽은 친구에 대한 신뢰 때문에 그렇게 할 수가 없었다. 결국 봉투는 그의 개인 금고에 다시 깊숙이 보관되었다.

　호기심을 참는 것과 호기심을 극복하는 것은 다른 일이다. 그날 이후 어터슨은 살아있는 다른 친구에게 예전만큼의 애착을 보이지 않는 것처럼 행동했다. 물론 친구에 대한 각별한 우정은 여전했지만 내면에는 그에 대한 불편함이나 두려움 같은 것이 깔려 있었다. 가끔 친구의 집을 찾아갔지만 만나기를 거절당하면 오히려 안도했다. 그보다 대문 밖의 공기와 소음 속에서 풀과 이야기를 나누다 돌아오는 걸 좋아했다. 자신이 만든 감옥 안에 갇혀 세상과 인연을 끊어버린, 속내를 알 수 없는 은둔자와 대화하는 것보다 그게 훨씬 좋았다.

　사실 풀에게서도 좋은 소식을 들을 수 없었다. 지킬이 실험실에 딸린 서재에 틀어박히는 일이 잦아졌고 어떨 땐 그곳에서 잠을 자기도 한다는 소식이 전부였다. 요즘 들어 부쩍 기운이 없고 말수도 적어진데다 책도 읽지 않는다고 했다. 풀이 보기에 뭔가를 골똘히 궁리하고 있는 것 같다고도 했다. 어터슨은 매번 똑같은 대답에 지쳐갔고 그러다보니 친구의 집을 찾는 일이 점점 뜸해졌다.

창밖에서 벌어진 일

　어느 일요일이었다. 평소처럼 엔필드와 함께 산책을 하던 어터슨이 다시 그 골목길에 들어서게 되었다. 그는 예전의 그 집 앞에서 걸음을 멈추고 문을 바라보았다.

　"이제 사건도 끝나 가는 모양이군요. 더 이상 하이드를 볼 수 없겠네요."

　"나도 그랬으면 좋겠네." 어터슨이 대답했다. "내가 하이드를 보았다는 얘길 했던가? 그자를 보는 순간 자네처럼 나도 혐오감에 휩싸이고 말았다네."

　"그를 보면 누구나 혐오감을 느끼지 않을 수 없죠." 엔필드가 말했다. "그나저나 선생님은 이 문이 지킬 박사의 집 뒷문으로 이어져 있다는 걸 알아차리지 못한 절 비웃었겠군요! 하지만 제가 그걸 뒤늦게야 알게 된 건 선생님 탓도 있습니다."

"자네도 결국 그걸 알아낸 모양이군." 어터슨이 말했다. "그럼 우리가 저 마당으로 들어가서 창문 안을 한번 들여다볼까? 사실은 가엾은 지킬 때문에 내 맘이 하루도 편할 날이 없다네. 비록 바깥이라도 친구가 곁에 있다고 생각하면 지킬도 조금은 힘이 날 거야."

마당은 춥고 몹시 습했다. 벌써 석양이 붉게 물들고 있었지만 하늘은 높았고 해가 저물어가고 있음에도 주변은 환했다.

세 개의 창문 중 하나가 반쯤 열려 있었다. 창문 뒤로 불행에 빠진 죄수처럼 한없는 슬픔에 잠긴 지킬 박사의 모습이 보였다.

"이보게 지킬, 이제 좀 나아졌나?" 어터슨이 소리쳤다.

"아니, 좋지 않네, 어터슨." 지킬이 우울한 목소리로 대답했다.

"아주 좋지 않아. 그렇지만 그리 오래 가진 않을 거야. 어쨌든 고맙네."

"자넨 집 안에 너무 오래 틀어박혀 있었어." 어터슨이 말했다.

"엔필드랑 나처럼 밖으로 나와 혈액순환이라도 해주어야 하지 않겠나? 참, 이쪽은 내 조카 엔필드일세! 지금 당장 모자를 쓰고 나와 우리와 동네 한 바퀴 돌지 않겠나?"

"말이라도 고맙네." 상대방이 한숨을 내쉬며 말했다.

"나도 정말 그러고 싶어. 하지만 그럴 수가 없네. 그럴 용기가 나질 않아. 하지만 어터슨 자넬 보게 되어 정말 기쁘군. 정말이야. 얼마나 좋은지 몰라. 자네와 엔필드 씨를 들어오게 하고 싶지만 집이 너무 엉망이라서 그럴 수가 없네."

"정 그렇다면, 여기서라도 얘기하지. 이렇게 밑에서라도 자네와 얘기할 수 있으니 정말 좋은걸!" 어터슨이 쾌활한 어조로 말했다.

"안 그래도 그럴 생각이었네." 지킬이 웃으며 대답했다. 하지만 말이 끝나기도 전에 지킬의 얼굴에서 미소가 싹 사라졌고 곧 절망과 공포의 표정이 떠올랐다. 아래 있던 두 신사는 등골이 오싹해졌다. 창문이 즉시 닫혔기 때문에 스치듯 지킬의 얼굴 표정을 볼 수 있었다. 하지만 그것만으로 충분했다. 두 사람은 아무 말도 없이 발길을 돌려 마당에서 나왔다. 뒷골목으로 이어진 큰길에 이를 때까지 두 사람은 말이 없었다. 일요일이지만 길은 사람들로 북적이고 있었다. 어터슨은 큰 길에 이르러서야 고개를 돌려 동행인들을 바라보았다. 두 사람 모두 얼굴이 하얗게 질려 있었고 두 눈엔 두려움이 가득했다.

"어떻게 이럴 수가 있지? 어떻게!" 어터슨이 중얼거렸다.

하지만 엔필드는 심각한 표정으로 고개만 끄덕일 뿐 말없이 걷기만 했다.

마지막 밤

어느 날, 어터슨이 저녁식사를 마치고 벽난로 앞에 앉아 있는데 뜻밖에도 풀이 찾아왔다.

"아니, 풀, 자네가 웬일인가?" 어터슨이 소리쳤다. 그리고 풀을 잠깐 바라보다가 말했다. "무슨 문제라도 생긴 건가? 지킬 박사가 아프기라도 한 거야?"

"어터슨 선생님, 뭔가 잘못된 것 같습니다." 풀이 말했다.

"좀 앉게나. 여기 포도주가 있네." 변호사가 말했다. "자, 진정하고 무슨 일인지 천천히 얘기해 보게."

"선생님도 요즘 우리 박사님 상태를 잘 아시죠? 툭하면 서재에 틀어박혀 꼼짝도 안 하신다는 거 말이에요. 그런데 이젠 아예 서재에서 나올 생각을 않으세요. 어터슨 선생님, 전 그게 정말 죽도록 싫습니다. 너무 두려워요."

"좀더 자세히 말해 보게. 대체 뭐가 두렵단 말인가?" 변호사가
물었다.

"일주일 전부터 두려움에 떨었습니다. 더 이상 견딜 수가 없을
것 같아요." 풀이 어터슨의 질문은 무시한 채 말을 이어갔다.

풀의 행동은 그의 말투만큼이나 심각해 보였고 상태는 점점 나
빠지는 것 같았다. 처음에 두려움을 호소할 때를 제외하면 풀은 어
터슨의 얼굴조차 똑바로 쳐다보지 않았다. 포도주잔은 입에 대지
도 않은 채 무릎 위에 올려놓고 마루 한구석에만 멍하니 시선을 고
정시키고 있었다.

"더는 참을 수 없어요." 풀은 같은 말만을 되풀이했다.

"진정하게. 자네 말을 들어보니 무슨 일이 있었던 모양이군. 뭔
가 좋지 않은 일이 있었어. 무슨 일인지 자세히 얘기해 보게나." 변
호사가 말했다.

"끔찍한 일이 벌어지고 있는 것 같습니다." 풀이 갈라진 목소리
로 말했다.

"끔찍한 일이라니?" 어터슨이 소리쳤다. 처음엔 가슴이 철렁했
고 그 다음엔 초조해졌다. "끔찍한 일이라는 게 대체 뭔가?"

"차마 제 입으론 말 못하겠습니다." 풀이 대답했다. "저와 함께
가서 직접 보셔야겠습니다."

어터슨은 말없이 일어나 모자와 외투를 집어 들었다. 순간 집사
의 얼굴에 나타나는 안도의 표정을 보니 어터슨은 더욱 궁금해졌

다. 풀은 어터슨을 따라 나설 때까지 포도주는 입에도 내지 않고 있었다.

춥고 황량한, 전형적인 3월의 밤이었다. 창백한 달은 바람에 쓰러져 모로 누워 있었고, 하늘거리는 천처럼 가볍고 투명한 구름이 그 곁을 스쳐 지나고 있었다. 바람소리 때문에 대화는 제대로 이어지지 않았다. 두 사람의 얼굴은 찬바람에 붉어져 있었고, 바람이 휩쓸고 가 버렸는지 거리엔 사람의 자취조차 찾기 힘들었다. 어터슨의 기억 속에서 런던의 거리가 이토록 황량했던 적은 없는 것 같았다. 평소라면 이런 거리를 더 좋아했을 테지만 오늘처럼 사람들과 마주치고 어깨를 부딪쳐 보고 싶다는 생각이 간절한 적이 없었다. 아무리 애를 써 보아도 재앙의 예감을 떨쳐버릴 수 없었다.

이윽고 목적지에 도착했을 때 흙먼지 바람에 정원의 앙상한 나뭇가지들이 철제 울타리에 부딪히는 소리가 났다. 한두 걸음 앞장서 걷던 풀이 갑자기 멈춰 서더니 차가운 날씨임에도 모자를 벗고 붉은 손수건을 꺼내 이마를 닦았다. 서둘러 걸어오긴 했지만, 그가 닦아낸 건 땀이라기보단 숨이 막힐 듯한 긴장감 때문에 흐르는 진땀 같았다. 그래서인지 그의 얼굴은 창백했고, 목소리는 갈라졌으며, 말은 자주 끊겼다.

"선생님, 다 왔습니다. 오, 하나님! 부디 아무 일도 없어야 할 텐데!" 그가 말했다.

"나도 그러길 빌겠네." 변호사가 말했다.

집사가 조심스럽게 문을 두드리자 체인이 걸린 채로 문이 빼꼼 열렸다. "풀이에요?" 안에서 목소리가 들렸다.

"그래, 나야. 어서 문 열어." 풀이 대답했다.

홀 안에 들어서자 불이 밝혀져 있었고 벽난로가 타오르고 있었다. 그 주위로 집안의 남녀 하인들이 양떼처럼 삼삼오오 모여 있었다. 어터슨을 보자 가정부가 참았던 울음을 터뜨렸고 요리사는 "오 하나님, 어터슨 선생님이 오셨어!" 외치며 안길 듯이 달려왔다.

"무슨 일인가? 왜 다들 여기 모여 있는 거지?" 어터슨이 역정을 내며 소리쳤다. "이렇게 경거망동하고 부산을 떨면 주인이 좋아하지 않을 텐데?"

"모두 두려움에 떨고 있습니다." 풀이 대답했다.

잠시 정적이 흘렀다. 아무도 말하지 않았고 가정부의 흐느낌 소리만 더욱 높아졌다.

"조용히 하지 못해!" 신경이 무척 날카로워져 있다는 걸 증명이라도 하듯이 풀이 무섭게 가정부를 나무랐다. 그녀가 결국 다시 울음을 터뜨리기까지 하인들은 모두 두려움에 떨며 안쪽 문만 바라보고 있었다.

"촛불을 가져 와." 풀이 주방 사환에게 말했다. "대체 무슨 일이 일어나고 있지? 직접 가서 알아봐야겠어."

풀은 어터슨에게 자신을 따라와 달라고 부탁한 뒤에 앞장서서 뒤뜰로 향했다.

"선생님, 이제부턴 소리를 자제해 주셔야 하겠습니다." 풀이 말했다. "듣기만 하셔야지 선생님의 소리가 나선 안 됩니다. 그리고 혹시 저쪽에서 들어오라고 해도 절대 들어가시면 안 됩니다."

어터슨은 뜻밖의 주의사항에 당황해 하마터면 발을 헛디딜 뻔했다. 하지만 다시 마음을 다잡은 뒤 집사를 따라 실험실 건물로 들어갔고 나무토막과 빈 상자, 병들이 아무렇게나 나뒹구는 계단식 강의실을 통과하여 층계 밑에까지 갔다. 풀이 손짓으로 귀를 기울여 보라는 신호를 했다. 그리고는 촛불을 바닥에 내려놓더니 결심한 듯 계단을 올라 두꺼운 천을 덧댄 서재 문을 두드렸다.

"어터슨 씨가 뵙기를 청하십니다." 말하는 동안에도 풀은 어터슨에게 잘 들어 보라는 손짓을 했다.

"아무도 만날 수 없다고 해."

안에서 투덜거리는 듯한 목소리가 들려왔다.

"알겠습니다." 만족한 목소리로 풀이 말했다. 그는 촛불을 다시 집어 들고 어터슨을 안내해 뒤뜰을 거쳐 식당으로 돌아왔다. 식당엔 불이 피워져 있었고 바닥엔 딱정벌레들이 기어 다니고 있었다.

"선생님!" 풀이 어터슨의 눈을 똑바로 바라보며 말했다. "아까 그 목소리가 주인님의 목소리 같던가요?"

"목소리가 많이 변한 것 같군." 얼굴이 창백해진 어터슨이 풀을 보며 말했다.

"변했죠? 제 생각도 그렇습니다." 풀이 대꾸했다.

"제가 이 집에 온 지 20년이 지났는데 설마 주인님 목소리를 구별 못할까요? 분명해요, 선생님. 주인님은 화를 당하신 게 틀림없습니다. 일주일 전 주인님이 하나님을 부르며 울부짖는 소리를 들었습니다. 주인님은 그날 변을 당하신 거예요. 그렇다면 저 안에 주인님 대신 들어있는 사람은 누굴까요? 그리고 왜 저기에 있는 걸까요? 어터슨 선생님, 그 소리는 마치 하늘을 향해 저주를 퍼붓는 것 같았어요."

"그것 참 기이한 얘기로군. 황당무계해." 어터슨이 손가락을 깨물며 말했다. "자네 추측대로 지킬이 살해당했다고 치세. 그래, 정말로 살인사건이라면 범인은 왜 계속 저기에 머물러 있겠나? 말도 안 돼! 도무지 이치에 맞지 않는 얘기야."

"어터슨 선생님도 제 말을 못 믿으시는군요. 제가 설명을 해드리죠." 풀이 이야기를 계속했다.

"사람인지 괴물인지 모를 저 자는 지난 주 내내 서재에 틀어박혀 밤낮으로 무슨 약인가를 찾고 있었어요. 하지만 끝내 원하는 것을 얻어내지 못했죠. 주인님은 평소 원하는 걸 쪽지에 적어 계단에 던져놓곤 하셨죠. 지난 주 동안에도 내내 그러셨어요. 아무 기척도 없이 쪽지만 놓여있고 문은 굳게 닫혀 있었어요. 식사도 문 앞에 놓아두면 아무도 보는 사람이 없는 사이에 들여가곤 했습니다. 저는 매일, 아니 하루에도 두서너 번씩 지시와 불만사항이 적힌 종이를 받았고 시내의 약방이란 약방들은 다 돌아다녀야 했습니다. 하지만 제가 쪽지에 적힌 약을 구해올 때마다 약이 깨끗하지 않으니 되돌려 보내라는 지시와 함께 다른 회사 것을 구해 오라는 쪽지가 놓여 있었습니다. 무슨 일인지는 잘 모르겠지만 그 약이 꼭 필요했던 것 같습니다."

"쪽지 중에서 지금 가지고 있는 게 있나?" 어터슨이 물었다.

풀은 주머니를 뒤져 구겨진 쪽지 하나를 건네주었다. 어터슨은 쪽지를 촛불 쪽으로 갖다대고 자세히 살펴보았다. 내용은 다음과 같았다. "지킬 박사가 모우 상사에게. 지난번에 받은 견본품은 불순물이 섞여 지금 진행하고 있는 일에는 전혀 쓸 수가 없습니다. 18xx년에 귀사로부터 제품을 대량으로 구매한 적이 있습니다. 같은 제품이 아직 남아있는지 찾아 보시고 조금이라도 가지고 계시면 즉시 보내 주십시오. 값은 얼마든지 치르겠습니다. 그 제품은 제가 간절하게 원하는 것입니다." 여기까지는 아주 잘 정돈된 글씨체로 씌어 있었다. 하지만 다음 대목에서는 감정을 주체할 수 없었는지 떨리는 글씨체로 "제발 부탁입니다. 예전 제품이라도 꼭 구해주십시오."라고 덧붙여져 있었다.

"이상한 편지로군." 어터슨이 말하곤 다시 날카로운 목소리로 덧붙였다. "한데 이 봉투를 왜 열어 봤지?"

"모우 상사 직원이 화가 나서 편지를 휴지조각처럼 집어던지더군요." 풀이 대답했다.

"자네도 알겠지만 이건 틀림없이 지킬 박사의 글씨체야." 어터슨이 말했다.

"그런 것 같습니다." 집사가 조금 부루퉁한 말투로 대답하더니 이내 목소리를 바꿔 말했다.

"하지만 필체가 무슨 문제겠습니까? 제가 직접 그자를 본걸요."

"그자를 봤다고? 정말인가?" 어터슨이 되물었다.

"그렇다니까요!" 풀이 말했다. "사연인 즉 이렇습니다. 어느 날 제가 정원에서 강의실로 갑자기 들어섰는데 서재 문이 열려 있고 그자가 구석에서 상자들을 뒤지고 있었습니다. 약품인지 뭔지를 찾으러 뛰쳐나왔던 모양입니다. 제가 강의실에 들어오는 걸 본 그자는 고개를 쳐들고 나를 향해 뭐라고 소리를 질렀어요. 그러더니 다시 계단을 뛰어올라 재빨리 서재로 들어가 버렸죠. 고작 일 분도 안 되는 시간이었지만 제 머리카락이 고슴도치 가시처럼 쭈뼛 서더군요. 선생님, 그자가 주인님이었다면 어떻게 그런 가면을 쓰고 있었겠습니까? 그리고 주인님이었다면 왜 쥐처럼 소리를 지르며 도망갔겠습니까? 저는 오랫동안 주인님을 모셨습니다. 그런데 어떻게…." 풀은 말을 잇지 못하고 손으로 제 얼굴을 감쌌다.

"정말 이상한 일들뿐이군." 어터슨이 말했다. "하지만 이제 조금씩 가닥이 잡혀가는 것 같아. 풀, 자네 주인은 사람을 고통스럽게 하고 형체를 일그러뜨리는 병에 걸린 게 틀림없어. 목소리가 변한 것도 그 때문일 거야. 그래서 가면을 쓰고 지인들을 피하는 거지. 병을 고쳐보겠다는 희망으로 필사적으로 약을 찾고 있는 게 틀림없어. 오, 하나님, 제발 그의 염원이 이루어지기를! 이게 내가 생각하는 사건의 전말일세. 정말 슬픈 일이고 생각만 해도 끔찍하지만 아귀가 딱 들어맞지 않나? 그러니 너무 걱정하지 말게나."

"하지만 선생님," 집사가 더욱 파리해진 얼굴로 말했다. "그자는 주인님이 아니었습니다. 정말입니다. 저희 주인님은…." 풀이 주위를 다시 한 번 살피더니 낮은 목소리로 말했다. "키가 크고 풍채가 좋으신데 그자는 난쟁이처럼 왜소했습니다." 어터슨이 뭐라고 반박하려 하자 풀이 더욱 목소리를 높여 말했다.

"이십 년을 모셨는데 제가 주인님도 못 알아보겠습니까? 매일 아침 주인님을 뵈었는데 방문의 어느 높이 정도에 머리가 닿는지 제가 모를까요? 절대 아닙니다. 설령 가면을 썼다 해도 지킬 박사님은 절대 아닙니다. 그게 누군지는 몰라도 주인님은 아니에요. 저는 저 방 안에서 분명 살인 사건이 일어났다고 확신합니다."

"풀." 어터슨이 대답했다. "자네가 그렇게 말한다면 내가 직접 확인해 보는 수밖에 없군. 자네 주인의 감정을 상하게 하고 싶지 않고 쪽지로 보아 지킬이 아직 살아 있는 것도 확실하지만, 내가 저 문을 억지로라도 열고 들어가 보아야겠네."

"제 생각도 그렇습니다. 어터슨 선생님." 집사가 외쳤다.

"그런데 또 한 가지 문제가 있네." 어터슨이 이어 말했다. "도대체 누가 저 문을 열지?"

"선생님과 제가 해야죠." 풀이 주저하지 않고 대답했다.

"바로 그거야." 변호사가 말했다. "무슨 일이 있어도 자네가 이 일 때문에 잘못되는 일은 없을 걸세."

"강의실 안에 도끼가 있습니다. 선생님께선 부지깽이를 가지고 가세요." 풀이 말했다.

변호사는 투박하고 무거운 도구를 손에 쥐고 무게를 가늠해 보았다.

"풀, 자네와 내가 위험해질 수도 있다는 걸 알고 있겠지?" 어터슨이 풀의 얼굴을 바라보며 말했다.

"물론 그럴 수도 있겠죠, 선생님." 집사가 대답했다.

"우리 좀 더 솔직하게 얘기해 보자구. 아직 터놓지 않은 얘기들이 있을 것 같아서 말이야. 그러니 숨김없이 얘기해 보세나. 자네가 봤다던 그 가면을 쓴 자 말인데, 혹시 자네도 아는 사람이 아니던가?"

"글쎄요. 워낙 순식간에 일어난 일인데다 몸을 잔뜩 웅크리고 있어서 확신하긴 어렵지만…. 혹시 하이드를 말씀하시는 거면 맞는 것 같아요. 그래요. 그자예요! 몸집도 비슷했고 동작이 민첩한 것도 똑같았어요. 그리고 그자가 아니라면 누가 실험실을 마음대로 들락거릴 수 있을까요? 아실지 모르겠지만, 지난번 살인사건 이후로도 하이드는 계속 열쇠를 지니고 있었어요. 그뿐만이 아닙니다. 혹시 어터슨 선생님께서도 하이드를 본 적이 있으신가요?"

"있지." 어터슨이 대답했다. "그자에게 말을 걸어본 적이 있네."

"그렇다면 선생님께서도 그에게서 뭔가 남다른 점을 발견하셨겠군요. 왜 사람을 섬뜩하게 만드는 불쾌감 같은 거 말이에요. 어떻게 설명해야 할지 잘 모르겠지만, 등골이 오싹해지는 그런 느낌이지요."

"자네 말대로 나도 그런 걸 느꼈네." 어터슨이 대답했다.

"맞습니다." 풀이 맞장구를 쳤다. "가면을 쓴 자가 원숭이처럼 약품들 사이를 뛰어 쏜살같이 서재 안으로 사라졌을 때 마치 얼음을 끼얹은 것처럼 제 등골이 오싹했어요. 물론 그런 느낌이 증거가 될 수는 없겠지요. 그 정도는 저도 배워서 알고 있습니다. 하지만 사람에겐 느낌이란 게 있잖아요. 성경에 손을 얹고 맹세하지만 그 자는 하이드가 분명합니다."

"알았네. 잘 알았어." 어터슨이 말했다. "나도 그것이 가장 두렵네. 무서운 얘기지만, 여기에 악마의 거래가 개입되어 있는 게 아닌가 해서 말이야. 자네 말이 맞아. 내 생각에도 불쌍한 헨리는 살해된 것 같네. 어떤 이유에서인지는 모르겠지만 그를 죽인 살인자가 아직도 그 방에 머물러 있는 것 같아. 좋아, 이제 우리가 헨리의 복수를 해야 할 때네. 브래드쇼를 부르게."

불려온 시종 브래드쇼는 얼굴이 창백할 정도로 긴장하고 있었다.

"정신 바짝 차리게, 브래드쇼" 어터슨이 말했다. "두렵고 떨리리라는 건 잘 알아. 하지만 이 일은 여기서 끝장을 내야만 하네. 여기 있는 풀과 내가 서재로 쳐들어갈 거야. 만약 일이 잘못돼도 모든 책임은 내가 질 걸세. 자네는 아이 하나를 데리고 뒤편으로 돌아가 몽둥이를 들고 실험실 문을 지키게. 혹시라도 악당이 뒷문으로 빠져나가지 못하도록 잘 지켜야 하네. 자, 십 분의 시간을 줄 테니 각자 맡은 위치로 가 있도록."

브래드쇼가 떠난 뒤에 어터슨은 시계를 보았다.

"자, 풀 우리도 이제 가 보도록 하지." 두 사람은 연장을 겨드랑이에 낀 채 뜰로 향했다. 밤인데다 구름이 달을 가리고 있어서 주위는 깜깜했다. 건물로 둘러싸인 깊은 공간을 간헐적으로 휘도는 바람이 촛불을 흔들어댔다. 마침내 계단식 강의실에 들어선 두 사람은 조용히 앉아서 시간이 되기를 기다렸다. 런던의 소음이 주위를 감싸고 있었지만 계단식 강의실은 조용했고 서재를 오가는 발소리만 정적을 깨며 들려오고 있었다.

"저렇게 하루 종일 왔다 갔다 하고 있답니다." 풀이 속삭였다. "밤이 되면 더 심해져요. 약방에서 새 견본품이 도착할 때만 발소리가 멈춥니다. 왜 그런 말이 있잖아요. 죄책감은 휴식의 가장 큰 적이라고…. 저자가 내딛는 발자국마다 범죄의 피가 묻어있는 게 틀림없어요. 마음을 가다듬고 가만히 귀를 기울여 보세요. 저게 정말 지킬 박사님의 발걸음 소리일까요?"

그 발걸음 소리는 가볍고 독특했으며 매우 느렸음에도 박자를 맞추는 듯 일정했다. 헨리 지킬의 무거운 걸음걸이와는 사뭇 달랐다. 어터슨이 한숨을 내쉬며 물었다.

"그래, 방 안에서 다른 소리는 안 들리던가?"

풀이 고개를 끄덕이며 대답했다. "한 번, 그러니까 딱 한 번 우는 소리를 들었습니다."

"울었다고? 어떻게?" 갑자기 등골이 오싹해져서 어터슨 변호사가 물었다.

"여인네처럼, 또는 지옥에 떨어진 영혼처럼 흐느꼈어요." 풀이 말했다. "가슴이 미어지는 듯해서 저도 같이 울 뻔했다니까요."

이제 십 분이 다 되어가고 있었다. 풀은 포장용 짚더미 아래에서 도끼를 꺼내 들었다. 공격할 때 비출 수 있도록 촛불은 가장 가까운 탁자 위에 올려놓았다. 두 사람은 밤의 적막 속에서 서성이고 있는 발소리를 향해 숨을 죽여 다가갔다. "지킬!" 어터슨이 큰 소리로 외쳤다. "자네를 꼭 만나야겠네." 잠시 정적이 흘렀지만 아무 대답도 없었다. "미리 일러두지만, 우리는 자네를 의심하고 있네. 자네를 꼭 만나봐야겠어." 그리고 이어 말했다. "자네가 순순히 응하지 않는다면 우린 폭력적인 방법을 쓸 수밖에 없네!"

"어터슨!" 안에서 목소리가 들렸다. "제발, 그러지 말게나."

"아, 지킬의 목소리가 아니야. 저건 하이드의 목소리가 틀림없어!" 어터슨이 소리쳤다. "풀, 문을 때려 부수게!"

풀이 도끼를 높이 쳐들었다. 그가 내려치자 건물이 흔들리고 붉은 천으로 덮인 문짝이 자물쇠와 경첩에 걸리며 크게 요동쳤다. 겁에 질린 짐승의 울음소리 같은 비명소리가 안쪽에서 울려 왔다. 다시 한 번 도끼를 내려치자 문짝이 조금 깨지고 문틀이 떨어져 나갔다. 그렇게 네 번을 내려 쳤지만 단단한 나무로 만든 문짝은 꿈쩍도 하지 않았고, 다섯 번째 내려쳤을 때에야 겨우 자물쇠가 떨어져 나갔다.

부서진 문이 방 안쪽의 카펫 위로 쓰러졌다. 격렬한 전투 뒤의 갑작스런 적막감에 점령군들은 망연자실 물러서서 방 안을 둘러보았다. 조용히 타고 있는 램프의 불빛 아래 서서히 방의 모습이 드러났다. 벽난로가 타고 있고 주전자가 경쾌하고 단조로운 소리를 내며 끓고 있었다. 서랍 한두 개가 열려 있었지만 서류들은 책상 위에 가지런히 놓여 있었다. 난롯가에는 차를 마시기 위한 도구들이 놓여 있었다. 약품들로 가득한 장식장만 없었다면 런던 어디에서나 볼 수 있는 조용하고 평범한 방이었다.

그 방 한가운데 뒤틀린 육신의 한 사내가 엎어져 꿈틀대고 있었다. 두 사람이 발끝으로 살금살금 다가가 바로 눕히자 에드워드 하이드의 얼굴이 드러났다. 자기 몸집에 비해 지나치게 큰 옷을 입고 있었는데, 지킬 박사에게나 맞을 만한 옷이었다. 얼굴의 근육은 아직 살아있는 듯 경련하고 있었지만 생명은 이미 꺼진 상태였다. 손에 쥔 깨진 약병과 비소에서 나는 쓴 아몬드 냄새로 그가 자살했다는 걸 알 수 있었다.

"살려주든 벌을 주든 이젠 너무 늦어 버렸군." 어터슨이 굳은 표정으로 말했다. 하이드는 저세상으로 가 버렸네. 이제 자네 주인의 시체를 찾는 일만 남았군."

건물은 천장을 통해 빛이 새어드는 지층의 계단식 강의실이 건물 면적의 대부분을 차지하고 있었다. 나머지 공간은 2층 구석에 위치해 안뜰로 향해 있는 서재가 다였다. 계단식 강의실에서 시작된 복도는 좁은 골목길로 난 문까지 이어져 있었고 또 다른 계단을 내려가면 골목으로 빠져나갈 수 있었다. 그밖에도 건물 안에는 몇 개의 작고 어두운 방과 넓은 지하실이 있었다. 어터슨과 풀은 이 모든 장소를 샅샅이 살펴보았다. 작은 방들은 한번 훑어보는 것만으로도 충분했다. 빈 방의 문을 열 때 떨어지는 먼지만으로도 오랫동안 드나드는 사람이 없었음을 알 수 있었다. 온갖 잡동사니들이 지하실에 널려있었는데, 대부분 지킬 박사가 이사 오기 전 외과의사가 가지고 있었던 것 같았다. 문을 열자 여러 해 동안 문 위에 걸려있던 거미줄이 풀썩 내려앉으며 더는 살펴볼 필요도 없다는 걸 알려주었다. 건물 어디에서도 지킬의 생사를 확인할 단서는 찾을 수 없었다.

풀이 복도의 돌바닥을 쿵쿵 발로 굴러 보았다.

"분명 이곳에 파묻혀 계실 겁니다."

"아니면 어디로 피했는지도 모르지." 어터슨이 말하고 골목길로 난 문을 살폈다. 하지만 문은 굳게 잠겨 있었고 근처의 바닥에서 찾은 열쇠는 이미 많이 녹슬어 있었다.

"이 열쇠는 오래 사용하지 않은 것 같군." 변호사가 말했다.

"아니에요. 사용했어요!" 풀이 반박했다. "부서진 게 안 보이세요? 일부러 짓밟아서 부러뜨린 것 같아요."

"그렇군." 어터슨이 고개를 끄덕였다. "하지만 부서진 조각들도 이미 다 녹이 슬었어." 두 사람은 두려움 가득한 눈으로 서로를 쳐다보았다. "대체 어찌 된 일인지 잘 모르겠군." 어터슨이 말했다. "다시 서재로 가보세."

두 사람은 말없이 계단을 올랐다. 그리고 시체를 힐끔거리면서 서재에 있는 모든 것들을 샅샅이 살펴보았다. 탁자 위에 화학실험을 한 듯한 흔적이 남아 있고, 소금 같은 흰색 가루가 서로 다른 분량으로 유리 용기에 담겨 있었다. 저 불운한 사내가 실험을 하다가 무슨 이유에서인지 멈춘 것 같았다.

"저 흰색 가루가 바로 제가 구해다 준 그 약품입니다." 풀이 말했고, 때마침 그의 말에 화답이라도 하듯 물주전자가 요란한 소리를 내며 끓어올랐다.

그 소리를 듣고 두 사람은 벽난로 쪽으로 다가갔다. 안락의자가 하나 있었고 손이 닿을 만한 거리에는 차 마시는 도구들이 놓여있었다. 찻잔에는 설탕까지 들어 있었다. 선반 위에는 몇 권의 책들이 꽂혀 있었고 한 권은 찻잔 옆에 펼쳐져 있었다. 그 책을 들여다고고 어터슨은 놀라지 않을 수 없었다. 지킬이 여러 번이나 칭찬하며 읽어보길 권했던 종교 서적이었는데, 책의 여백에 지킬의 글씨로 불경스러운 말들이 낙서처럼 끼적여 있었던 것이다.

탐문을 계속하다가 전신거울 앞에 멈춰 선 두 사람은 본능적인 공포심으로 거울 안을 들여다보았다. 하지만 거울에 비친 것은 천정에 어른거리는 붉은 빛과 장식장 유리에 반사되어 튀어 오르는 벽난로의 불꽃, 그리고 구부정하게 서서 그걸 바라보는 공포에 질린 두 사람의 파리한 얼굴뿐이었다.

"이 거울은 괴상한 장면들을 많이 보았을 테죠, 선생님?" 풀이 속삭였다.

"하지만 이 거울이 제일 괴기스러운걸." 어터슨 변호사도 똑같이 속삭이며 말했다.

"지킬은 대체 무슨 짓을…." 그는 말을 꺼내려다 스스로 놀라 멈췄지만 곧 다시 용기를 내어 말을 이었다. "지킬은 대체 이 거울에서 무얼 보려 했던 걸까?"

"그러게 말이에요!"

이어서 두 사람은 사무용 책상 쪽으로 향했다. 책상 위에는 서류들이 잘 정돈되어 있었는데, 맨 위에는 큰 봉투가 놓여있고 봉투에는 지킬의 글씨로 어터슨의 이름이 적혀 있었다.

변호사가 봉투를 뜯자 안에 동봉되어 있던 서류들이 바닥에 떨어졌다. 첫 번째 서류는 유언장이었다. 6개월 전에 어터슨이 지킬에게 돌려준 것과 같은 것으로, 박사가 죽거나 실종될 경우 재산 양도의 효력이 발휘된다는 내용이 적혀있었다. 그런데 에드워드 하이드의 이름이 있어야 할 자리엔 놀랍게도 가브리엘 존 어터슨이란 이름이 적혀 있었다. 그는 풀과 서류를 번갈아 바라보았다. 그리고 마지막으로 카펫 위에 쓰러진 범인의 시체를 보았다.

"정말 혼란스럽군." 그가 말했다. "이 자는 서류를 계속 가지고 있었을 테고 분명 자기 이름이 내 이름으로 바뀐 것도 보았을 거야! 그렇다면 분명 나에게 증오심을 품었을 텐데 왜 이 서류를 없애버리지 않았을까?"

어터슨이 다음 서류를 집어 들었다. 지킬이 직접 쓴 짧은 메모였는데, 위쪽엔 날짜도 적혀 있었다.

"오, 풀!" 어터슨이 소리쳤다. "지킬은 오늘까지 살아 있었어. 조금 전까지 이 자리에 있었다고! 하지만 이렇게 짧은 시간에 모든 일이 이루어졌을 리가 없잖아. 지킬은 어딘가에서 살아 있을 거야. 도망친 게 분명해! 그런데 왜 도망쳤을까? 그리고 어떻게? 만약 그렇다면 이자의 죽음을 자살로 단정지을 수 있을까? 아, 신중해져야 해. 우리가 자네 주인을 무서운 재앙으로 몰아넣었을지도 모른다는 불길한 생각이 드는군."

"그런데 왜 그걸 읽어보시지 않는 거죠?" 풀이 재촉했다.

"두려워서라네." 어터슨이 침울하게 대답했다. "제발 아무 내용도 아니길!" 이렇게 말하고 그는 쪽지를 읽기 시작했다.

친애하는 어터슨. 이 편지가 자네의 손에 들어갔을 때 이미 난 이 세상 사람이 아닐 걸세. 스스로도 설명할 수 없는 직감과 말할 수 없는 상황으로 미루어 볼 때 내 최후가 눈앞에 다가왔다는 확신이 드네. 이제 자네에게 작별을 고해야 할 시간이야. 우선 래니온이 자네에게 맡기기로 한 편지를 읽어 보게. 그리고 더 알고 싶은 게 있으면 나의 고백이 담긴 편지를 읽도록 하게.

자네의 불행하고 못난 친구, 헨리 지킬이.

"세 번째 서류도 있었지?" 어터슨이 물었다.

"여기 있습니다." 풀은 겹겹이 싸서 봉인한 봉투를 어터슨에게 건넸다.

어터슨은 그걸 받아서 주머니에 넣었다.

"난 이 서류에 대해 아무에게도 말하지 않을 생각이야. 자네 주인이 도망쳤든 아니면 이미 죽었든 우린 그의 명예를 지켜줘야 해. 자, 이제 열 시군. 집에 가서 이 서류들을 찬찬히 읽어보고 자정까지 돌아오겠네. 그때가 되면 경찰에 알리도록 하지."

그들은 계단식 강의실 문을 잠그고 밖으로 나왔다. 그리고 어터슨은 벽난로 주변에 옹기종기 모여 있는 하인들을 뒤로한 채 수수께끼를 풀어 줄 두 통의 편지를 읽어보기 위해 자기 사무실로 향했다.

래니온의 고백

나흘 전인 1월 9일 저녁 무렵 나는 한 통의 등기우편을 받았네. 겉봉에 적힌 주소는 내 오랜 친구이자 학교 동기인 헨리 지킬의 글씨였어. 나는 놀랄 수밖에 없었네. 그동안 그와 편지를 주고받은 적이 없었고 바로 전날엔 그와 저녁식사를 함께했던 터라 내게 등기우편으로 전할 만한 내용이 뭐가 있을지 전혀 상상이 되지 않았어. 그런데, 편지 내용은 더욱 놀라웠어. 편지에는 다음과 같은 내용이 적혀 있었네.

18XX년 12월 10일.
친애하는 래니온에게. 자네는 나의 가장 오랜 벗임에 틀림없지? 학문적인 견해에는 의견을 달리했을지 몰라도 그 때문에 우리 우정에 금이 갈 거라곤 한 번도 생각해본 적이 없네. 실제론 일어나지 않았지만, 만약 자네가 "내 생명과 명예, 영혼이 모두 자네 손에 달려 있어."라고 말했다면 나는 자넬 위해 주저 없이 내 모든 재산과 왼손까지 바쳤을 거야. 그런데 래니온! 정말로 지금 내 생명과 명예, 영혼이 모두 자네 손에 달려 있다네. 오늘 자네가 날 도우러 달려와 주지 않으면 난 이대로 끝장이 나고 말 걸세. 이렇게 말머리를 꺼내고 보니 내가 혹시 명예롭지 못한 부탁이라도 하려는 게 아닌지 의심할 수도 있겠군. 모든 판단은 자네에게 맡기겠네.

혹시 오늘 밤 약속이 있더라도, 그것이 설령 황제의 부르심이라 할지라도, 모든 약속을 취소해 주었으면 하네. 그리고 마차가 집 앞에 없다면 승합마차라도 집어타고 이 편지와 함께 곧장 우리 집으로 달려와 주게. 집사 풀에게는 이미 말을 해 놓았네. 그가 열쇠공과 함께 기다리고 있을 테니 내 서재 문을 억지로라도 따고 들어가게. 꼭 자네 혼자만 들어가야 해. 들어가서 방 왼편을 보면 E라고 적힌 유리 장식장이 있을 걸세. 만약 잠겨 있다면 부숴버려도 좋네. 그 뒤에 위에서 네 번째, 그러니까 아래에서 세 번째 서랍의 내용물을 그대로 빼내게나. 지금 나는 너무 초조한 나머지 혹시라도 잘못 알려주고 있는 게 아닐지 죽도록 두렵다네. 그러나 내가 잘못 알려주더라도 서랍의 내용물을 보면 제대로 찾았는지 금세 알 수 있을 걸세. 거기엔 가루약과 약병 그리고 수첩이 들어있으니까 말이야. 서랍을 찾았다면 이제 거기 있는 내용물들을 있는 그대로 가지고 캐번디시 가에 있는 자네 집으로 가져가게.

이것이 자네가 해 줘야 할 첫 번째 일이고, 이제 두 번째 부탁을 하겠네. 자네가 이 편지를 받고 곧장 출발한다면 자정 전까지는 물건을 갖고 집으로 돌아갈 수 있을 거야. 이렇게 시간 여유를 두는 것은 예상치 못하거나 피치 못할 일이 생길 수도 있기 때문이지만, 그보단 자네 집 하인들이 모두 잠자리에 든 뒤에 일을 처리하는 게 좋을 것 같아서야. 그리고 자정이 되면 자네 혼자서 진료 대기실에 남아 기다리다가 내 이름을 대고 찾아오는 사람을 맞아 서재에서 가져온 서랍을 건네주게. 여기까지 끝내면 감사하게도 자네는 내 부탁을 다 들어주는 셈이 되네. 굳이 설명을 할 필요도 없이 오 분만 지나면 이게 얼마나 중요한 일인지 자네도 저절로 알게 될 걸세. 이상한 얘기처럼 들리겠지만, 이 일을 조금이라도 소홀히 한다면 자넨 날 죽게 만들거나 정신적으로 파멸에 이르게 할 수도 있어. 그렇게 된다면 평생 양심의 가책에 시달리게 될 걸세.

자네가 내 부탁을 저버리지 않을 것이라 믿네. 하지만 혹시라도 그러면 어쩌나 하는 생각에 벌써 가슴이 내려앉고 손이 떨리는군. 부디 이 시간, 낯선 곳에서 상상할 수 없는 불안에 떨고 있을 나를 생각해 주게나. 하지만 자네가 내 부탁을 제대로 실행해주기만 한다면 나의 이런 고통은 거짓말처럼 사라지게 될 걸세. 사랑하는 내 친구 래니온, 제발 내 부탁을 들어 주게. 그리고 나를 구해주기 바라네.

추신: 편지를 봉인하고 나니 다시 두려움이 몰려오는군. 혹시라도 우체국의 실수로 내일 아침에나 편지가 전달될지도 몰라. 그럴 경우엔 자네 편한 시간을 골라 부탁한 일들을 실행해 주기 바라네. 그리고 다시 자정에 내가 보내는 심부름꾼을 기다려 주게. 하지만 그땐 이미 너무 늦었을지도 몰라. 만약 그날 밤 아무 일도 일어나지 않으면 더 이상 헨리 지킬을 볼 수 없게 되었다고 생각하게나.

편지를 읽으면서 나는 친구가 제정신이 아니라고 생각했어. 하지만 그가 미쳤다는 게 확실해질 때까진 그의 부탁을 들어줄 수밖에 없었지. 이런 터무니없는 상황을 도저히 이해할 수 없었지만, 그게 정말 중요한 일인지 아닌지 내 멋대로 판단할 수 없었고 간절한 부탁을 무턱대고 무시할 수도 없으니 나는 즉시 책상에서 일어나 합승마차를 타고 지킬의 집으로 향했네. 집사가 나의 도착을 기다리고 있었어. 그도 나처럼 등기우편으로 지킬의 지시를 받았다고 하더군. 우린 곧장 열쇠공과 목수를 부르러 사람을 보냈어. 풀과 얘기하고 있는 동안 수리공들이 도착했지. 우리는 댄면 박사가 해부학을 가르치던 계단식 강의실로 향했어. 그곳은 (자네도 알다시피) 지킬의 서재로 갈 수 있는 가장 편한 길이었지. 문은 튼튼했고 자물쇠도 견고해서 문을 억지로 열려면 너무 힘이 들고 문도 크게 망가질 거라고 목수가 말하더군. 열쇠공은 거의 포기한 상태였지만 목수는 재주가 좋은 사람이어서 두 시간 동안 땀을 뻘뻘 흘린 끝에 결국 문을 여는 데 성공했어.

E라고 표시된 유리장은 잠겨 있지 않았어. 나는 유리장의 서랍을 빼내 짚으로 속을 채우고 그대로 천으로 싸맨 뒤 캐번디시 가로 가져왔지.

집에 돌아온 나는 서랍 안의 내용물들을 살펴보았어. 가루약은 제법 잘 포장되어 있었지만 약제사들이 하는 것만큼 깔끔하지 않은 걸로 보아 지킬이 손수 포장한 것 같았네. 포장된 것들 중 하나를 열어 보니 소금 같은 흰색 결정이 들어 있었어. 다른 약병도 눈에 띄었는데, 피처럼 빨간 용액이 반쯤 차 있더군. 코를 쏘는 냄새가 나는 것으로 보아 인 성분과 휘발성 에테르가 들어있는 것 같았는데, 다른 성분은 전혀 짐작할 수 없었어. 그밖에 흔히 볼 수 있는 노트 한 권이 들어 있었는데, 거기엔 날짜들만 순서대로 적혀 있고 내용은 거의 없었어. 몇 년 전부터 시작된 날짜는 일 년 전쯤부터 갑자기 끊어졌고 날짜마다 아주 짧은 메모들이 있었는데, 한 단어 이상 적혀 있는 게 드물었어. 수백 개의 기록 가운데 '두 배'라는 말이 여섯 번 정도 나왔고, 앞쪽의 기록 중엔 '완전 실패!!!'라고 느낌표가 여러 개 붙어있는 것도 있었다네. 이 모든 것들이 내 호기심을 자극했지만 확실한 건 아무것도 없었어. 그밖에 가루가 들어 있는 약병과 (지킬 박사의 연구가 항상 그렇듯) 목적을 알 수 없는 일련의 실험 기록들만 나열되어 있었네. 내 집에 가져온 물건들이 어떻게 이 엉뚱한 친구의 정신과 명예와 목숨을 지켜준다는 것인지, 심부름꾼을 보낼 수 있다면 그게 왜 다른 사람이 아니라 나였는지, 설사 무슨 사정이 있다 하더라도 왜 아무도 모르게 나 혼자 심부름꾼을 만나야 하는지, 생각할수록 머리가 어떻게 된 사람의 일에 관여하고 있다는 생각이 들었어. 하인들에게는 일찍 잠자리에 들라 이르고 혹시 모를 위험에 대비해 낡은 권총에 총알을 장전해 두었네.

자정을 알리는 종소리가 런던 시내에 울려 퍼지자 조심스럽게 문을 두드리는 소리가 들리더군. 내가 직접 나가서 문을 여니 잔뜩 몸을 웅크린 작은 체구의 사내가 현관 기둥에 몸을 기대고 서 있었어.

"지킬 박사가 보내서 왔나요?" 내가 물었지.

부자연스런 몸짓으로 그가 그렇다고 대답했어. 내가 들어오라고 말하자 뒤돌아 어두운 거리를 살피더군. 하지만, 멀지 않은 곳에서 경찰 한명이 손전등을 들고 다가오는 것을 보더니 흠칫 놀라며 서둘러 안으로 들어왔어.

솔직히 말하면 그의 유별난 행동은 무척이나 불쾌하고 신경에 거슬렸어. 그의 뒤를 따라 밝은 불이 켜진 진료실에 들어가면서도 내 손엔 내내 권총이 쥐어져 있었네. 마침내 난 그의 모습을 똑똑히 볼 수 있었어. 한 번도 본 적이 없는 인물이 확실했어. 이미 말했지만 그는 키가 무척 작았네. 내게 충격을 준 건 소름끼치는 얼굴 표정과 실룩거리는 근육 그리고 발육이 불안정해 보이는 몸이었어. 그보다 더 이상한 건 그와 가까이 있으면 왠지 기분이 불쾌해진다는 사실이었어. 그것은 몸살의 초기증세와 비슷해서 맥박이 급격하게 떨어지는 듯한 느낌이 들었지. 그때는 이런 증세를 단지 혼자서만 느끼는 불쾌감 정도로 생각했네. 다만 이런 기분이 보통 때보다 심하게 드는 것이 조금 이상하다고 생각했어. 나는 곧 이런 경험이 인간의 본성과도 깊은 관계가 있으며 일반적으로 느끼는 증오의 감정 이상이라는 걸 깨닫게 되었네.

이 사람은 (처음 그를 본 순간부터 나는 악의적인 호기심 같은 걸 느꼈네.) 누가 보아도 실소를 금할 수 없는 옷차림을 하고 있었어. 옷은 고급스러웠고 차림은 점잖았지만 그가 입기에는 너무 컸기 때문이지. 바지는 헐렁하게 다리를 감싸고 바짓단은 땅에 끌리지 않도록 둘둘 말아 접혀 있었어. 외투의 허리는 엉덩이까지 내려오고 옷깃은 벌어져 어깨가 드러날 정도였네. 하지만 이상하게도 그런 우스꽝스러운 옷차림을 보고도 난 전혀 웃음이 나오지 않았어. 오히려 마주한 인물의 비상식적이고 덜 갖춰진 면이 그의 본질이고 이런 어색함이 (시선을 사로잡고, 놀라게 하고 반발심을 불러일으킨다는 점에서) 그에게 더 잘 어울린다는 생각이 들었어. 그리고 이 인물의 본성이나 성격에 대한 관심은 곧 그의 태생, 생활습관, 재산, 사회적 지위 등에 대한 호기심을 불러일으켰지.

관찰한 걸 글로 적다 보니 얘기가 길어졌지만 실제론 이 모든 게 단 몇 초 안에 일어난 일들이었어. 어둠 속의 방문객은 무척 흥분해 있는 것처럼 보였네.

"그걸 가져왔나요? 그걸 가져왔겠죠?" 참지 못하겠다는 듯 그가 외치며 내 팔을 흔들어댔어.

그의 손이 닿는 순간 몸속의 혈관이 얼어붙는 것처럼 통증이 느껴지더군. 난 황급히 그를 뿌리치며 말했어. "이봐요. 우린 아직 인사도 나누지 않았소. 일단 앉아서 얘기하는 게 어떻겠소?"

나는 본보기를 보여주듯 환자를 돌보는 의자에 먼저 앉았어. 평소 환자를 대할 때처럼 행동하려고 했지만, 밤이 깊은데다 머리를 사로잡는 온갖 생각들과 그자에 대한 두려움 때문에 마음먹은 대로 몸이 움직여주지 않았네.

"죄송합니다, 래니온 박사님." 그가 비로소 예의를 갖추며 말했네. "선생님 말씀이 맞습니다. 제가 마음이 급한 나머지 그만 실례를 범했군요. 저는 선생님의 친구이신 헨리 지킬 박사님으로부터 중요한 부탁을 받고 왔습니다. 제가 듣기로는…."

그가 잠시 말을 멈추고 목에 손을 갖다 댔는데, 차분한 태도였지만 발작 증세를 힘겹게 참고 있는 것 같았네.

"제가 듣기로는 서랍 하나를…."

방문객이 저토록 초조해 하는 걸 보니 동정심과 더불어 일종의 호기심까지 생기더군.

"물건은 저기 있소." 나는 천에 싸여 탁자 뒤쪽 바닥에 놓인 서랍을 가리켰어. 그는 서랍을 향하여 황급히 일어났지. 그러다가 순간 동작을 멈추더니 손을 가슴에 가져갔어. 턱이 덜덜 떨리고 이가 부딪치는 소리가 들렸어. 그 표정이 너무 섬뜩해서 정신을 잃거나 목숨이 끊어지는 건 아닌지 걱정이 될 정도였네.

"진정하시오."

그러자 그가 섬뜩한 미소를 지어보이더니 절망적인 동작으로 보자기를 움켜잡더군. 그리고 안의 내용물을 보더니 안도한 듯 흐느끼는 듯한 소리를 내는 거야. 난 겁에 질리고 말았지. 잠시 뒤 그는 조금 진정된 목소리로 "혹시 눈금이 표시된 시험관이 있습니까?"라고 물었어.

난 간신히 일어나 그가 원하는 것을 가져다주었지.

그가 고개를 끄덕이고 미소를 짓더니 고맙다고 인사했어. 붉은 용액 몇 방울을 눈금에 맞춰 떨어뜨리고 가루약 한 봉지를 거기에 섞었어. 그러자 처음엔 붉은 색을 띠던 혼합물의 소금 결정체가 녹으며 서서히 색이 밝아지더군. 이어서 부글부글 끓는 소리와 함께 수증기를 내뿜었고, 혼합물이 갑자기 끓기를 멈추며 짙은 자주색으로 변했다가 점점 옅어져 연한 초록색으로 바뀌었어. 이런 변화를 매서운 눈으로 지켜보던 방문객이 미소를 지으며 시험관을 탁자 위에 올려놓았지. 그리고 뒤돌아 살피듯 나를 바라보았어.

그가 말했어. "자, 이제 남은 일을 마무리할 시간이군요. 궁금하지 않으신가요? 얘기해 드릴까요? 아니면 이 유리병을 들고 조용히 이곳을 떠날까요? 호기심을 도저히 참을 수 없으시죠? 선생께서 원하는 대로 해드릴 테니 잘 생각해 보고 대답하세요. 결심하기에 따라 선생은 더 현명해지거나 부유해지거나 아니면 지금의 상태 그대로 머물 수 있습니다. 하긴 죽음의 절망에 빠진 사람을 구해주었으니 이미 정신적으로 더 풍요로워졌다고 할 수 있겠군요. 하지만 원하신다면 새로운 지식의 영역과 또 다른 명성의 문이 지금 눈앞에서 활짝 열릴 수도 있습니다. 그렇게 되면 아마 사탄마저도 사로잡을 기적을 경험하시게 될 겁니다.

"이보시오." 나는 억지로 침착함을 가장하여 말했네. "당신은 도무지 이해할 수 없는 얘기만 늘어놓고 있군. 하지만 명심하시오. 나는 지금 당신 이야기에 아무런 관심도 없다는 걸. 그래도 지금껏 이해할 수 없는 일들에 관여해 왔으니 끝장은 보아야 하겠지?"

"좋습니다." 방문객이 대답했다. "래니온, 당신의 맹세를 기억하세요. 이제부터 일어나는 일은 직업상의 비밀로 해 둡시다. 당신은 지금껏 편협하고 물질주의적인 견해에 사로잡혀 초자연적인 약품의 효능을 부정해 왔죠. 그리고 자신보다 뛰어난 과학자들을 비웃었지요. 자 이제 두 눈을 똑똑히 뜨고 잘 보시길!"

여기까지 말한 그가 갑자기 유리병을 입으로 가져가더니 단숨에 들이켰어. 비명 소리가 뒤를 따르고 그가 쓰러질 듯 비틀거리더니 책상을 붙들고 붉어진 눈으로 앞을 노려보며 입을 벌리고 숨을 헐떡거렸네. 그를 보고 있는 내 눈앞에 뭔가 변화가 일어나고 있는 것 같았어. 그의 몸이 부풀어 오르는 듯했고, 갑자기 얼굴이 검게 변하여 녹아내리면서 변형이 일어나는 것 같았지. 나는 너무 놀란 나머지 벌떡 일어나 뒷걸음치다 그만 벽에 부딪히고 말았어. 믿을 수 없는 광경 앞에서 난 자신을 보호하기 위해서 팔을 치켜들었네. 공포가 나를 엄습해 왔어.

"오, 하느님!" 나는 부르짖었어. "오, 하느님! 오, 하느님!" 나는 되풀이해 외칠 수밖에 없었네. 놀랍게도 내 눈앞에 헨리 지킬이 서 있었던 거야! 창백한 얼굴로 부들부들 사지를 떨면서, 마치 무덤에서 살아온 사람처럼, 거의 반죽음의 상태에서 허공을 더듬으면서 말이야.

그 후 한 시간 동안 그가 내게 들려준 얘기는 제정신으론 옮겨 적을 수가 없을 만치 놀라웠네. 내 눈으로 직접 보고 내 귀로 직접 들었으면서도 그건 내 영혼을 병들게 만들기에 충분했어. 그 놀라운 광경이 눈앞에서 사라져버린 뒤, 나는 그걸 정말 믿어야 할지 말아야 할지 스스로에게 수도 없이 반문해야 했네. 하지만 난 끝내 그 답을 구할 수 없었어.

그 뒤로 내 삶은 뿌리째 흔들렸고 잠마저 나를 버렸네. 죽음보다 큰 공포가 밤낮 없이 날 따라다녔지. 이제는 내 삶이 얼마 남지 않왔음을 느낄 수 있네. 나는 곧 죽게 될 거야. 이 모든 의구심을 떨쳐 버리지 못한 채 말이야. 그는 눈물까지 흘리면서 자신의 부도덕함을 참회했지만, 나는 한시도 그 끔찍한 기억을 머릿속에서 지워버릴 수가 없었네.

어터슨, 자네에게 한 가지만 더 얘기하고 싶네. 자네가 날 믿어준다면 이 한마디만으로 충분하리라 생각하네. 지킬이 스스로 고백한 바에 따르면 그날 밤 우리 집에 숨어들어온 자는 하이드라 알려진 사내로, 커루 경을 살해한 혐의로 전국에 수배된 바로 그자라네.

― 헤스티 래니온이

헨리 지킬이 밝히는 사건의 전모

18XX년 유복한 집안에서 태어난 나는 뛰어난 재능을 물려받은 데다 부지런했고 같은 시대의 학식 높고 인품 있는 사람들을 존경했다. 사람들은 내가 모든 면에서 명예롭고도 전도유망한 미래를 보장 받았다고 생각했다. 하지만 나에겐 큰 결점이 하나 있었는데, 그것은 환락에 쉽게 빠져든다는 것이었다. 쾌락은 많은 사람들을 행복하게 만들기도 하지만 나처럼 목에 힘을 주고 남들 앞에서 엄숙한 척하기 좋아하는 오만한 성격의 인물에겐 커다란 결점으로 작용하기도 한다. 나는 곧 이런 사실을 깨닫게 되었고, 그래서 이런 향락을 남들 몰래 즐기게 되었다. 생각의 깊이가 깊어지고 사회적 성공과 지위를 유지하기 위해 주변을 의식할 나이가 되었을 즈음 난 이미 이중생활에 깊이 젖어들어 있었다. 세상엔 자신의 방탕함을 자랑스럽게 떠벌리는 사람들도 많지만, 난 스스로가 정한 높

은 도덕적 기준에 비추어 이런 행위들을 병석일 정도로 수치스러워하며 감추려 했다. 따라서 오늘날의 내가 만들어진 건 특별한 악덕을 지녔기 때문이라기보다 반대로 엄격함을 추구하려는 열망 때문이었다고 할 수 있다. 즉 나는 인간의 이중적 본성을 가르기도 하고 뒤섞기도 하는 선과 악의 간극이 보통 사람들보다 훨씬 컸던 것이다. 억제할 수 없는 열망은 나로 하여금 종교에 뿌리를 두고 있으며 고뇌의 원천이기도 한 준엄한 삶의 율법에 깊이 집착하게 만들었다. 나는 극단적일 정도로 이중적인 생활을 한 건 맞지만 절대 위선자는 아니었다. 난 내가 지닌 두 가지 측면 모두에게 정직했다. 자제심을 벗어던지고 부끄러운 짓을 할 때의 나와 떳떳하게 학문을 탐구하거나 슬프고 고통 받는 이들을 도울 때의 나는 다르지 않았다. 더구나 나는 학문 탐구에서 신비롭고 초자연적인 것들에 큰 관심을 가지고 있었다. 이런 관심은 내가 가진 자아의 끊임없는 싸움을 의식하고 탐색하는 데에 도움이 되었다. 나는 도덕과 지식이라는 지적 능력의 두 측면을 통해 매일 조금씩 진리에 다가갔다. 하지만, 이런 지식에 대한 단편적인 깨달음이 결국은 나를 끔찍스런 파멸로 이끌었다. 내가 깨달은 진리란 바로 인간이 하나가 아닌 두 개의 자아로 이루어졌다는 사실이었다. 내가 막연하게 두 개의 자아라 얘기하는 건 현재의 내 지식으론 그 이상은 알아낼 수 없기 때문이다. 언젠가는 누군가 이 분야에서 내 뒤를 따르고 나를 뛰어넘게 되겠지만 지금 내가 감히 말할 수 있는 것은 궁극적으로 인간이 독립된 인격들의 결합으로 되어 있으며 다중적이며 조화롭지 못한 존재라는 점이다. 나는 다만 타고난 본성을 따라 오직 한 방향으로만 지치지 않고 나아갔을 뿐이다. 나는 스스로의 도덕적인 측면과 개인적인 측면을 고찰함으로써 인간이 완전히 그리고 본질적으로 이중적인 존재라는 걸 깨닫게 되었다. 나는 내 의식 안에서 두 개의 본성이 다투고 있음을 보았다. 두 본성 모두가 나라고 말할 수 있는 건 두 가지가 모두 내 안에 있기 때문이었다. 그리고 과학적인 탐구의 과정을 거쳐 기적의 가능성을 보기 시작하면서 나는 선과 악을 분리해낼 수 있다는 달콤한 환상에 빠지게 되었다. 만약 이 두 요소를 각기 다른 자아로 분리해낼 수 있다면 인생에서 견디기 힘든 모든 고뇌로부터 해방될 수 있을 거라 믿었다. 악한 자아는 쌍둥이인 올바른 자아의 야망과 자책감으로부터 벗어나 스스로의 길을 갈 수 있을 것이고, 올바른 자아 또한 흔들림 없이 꿋꿋하게 자기 길을 걸어갈 수 있을 것이다. 그렇게 되면 선한 자아는 선한 행동에서 즐거움을 느끼며 더 이상 외부에서 오는 악의 유혹에 굴복하여 수치스러워하고 자책하는 일이 없을 것이다. 조화할 수 없는 요소들이 하나로 뒤섞여 있다는 것, 그래서 극단의 다른 성격을 지닌 쌍둥이들이 고통의 자궁 안에서 끝없이 투쟁을 벌여야 한다는 것이 인간들에겐 크나큰 재앙이 아닐 수 없었다. 그렇다면 어떻게 이 둘을 분리해낼 것인가?

생각이 여기까지 이르렀을 때, 앞서 말했듯이 나의 실험에 한 줄기 서광이 비치기 시작했다. 나는 우리가 옷을 걸치고 다니는 육체가 겉으론 단단해 보여도 사실은 실체 없이 불안정하며 일시적일 뿐이라는 걸 깨닫게 되었다. 나는 몇 가지 약품에서 바람에 별장 커튼이 흔들리듯 육체의 겉옷을 흔들어 벗겨버릴 수 있는 힘을 발견했다. 두 가지 합당한 이유 때문에 여기선 나의 고백에 과학적인 설명까지 덧붙이진 않으려 한다. 첫째는 우리가 인생의 불행과 짐을 어깨 위에서 영원히 내려놓을 순 없으며 그러려고 애쓸수록 더욱 무겁고 가혹한 짐이 되어 되돌아온다는 사실을 깨달았기 때문이다. 두 번째 이유는 차차 이야기하겠지만, 안타깝게도 내 실험이 불완전했기 때문이다. 지금은 다만 내가 육신으로부터 영혼이 지닌 어떤 능력을 발산하는 후광이나 광휘를 발견하여 그것을 정점에서 끌어낼 수 있는 약품을 추출하는 데 성공했다는 사실만 얘기해 두려 한다. 이 약품을 통해 나는 또 다른 나의 모습으로 변화할 수 있었는데, 그것은 내 모습의 일부였을 뿐 아니라 내 영혼의 가장 저급한 면을 표현해주는 자아이기도 했다.

이런 이론을 실험으로 옮기기까지 오랫동안 망설여야 했다. 잘못되는 날엔 죽을 수도 있다는 사실을 잘 알고 있었기 때문이다. 내 정체성을 가장 견고하게 지켜주는 육체의 요새를 흔들고 지배할 수 있는 약이라면, 조금만 과용하거나 때를 맞추지 못해도 내가 변화하려 의도했던 육체의 모형이 완전히 파괴될 수 있었기 때문이다. 하지만 이토록 독창적이고 엄청난 발견이 주는 유혹은 모든 두려움을 뛰어넘게 했다. 오래 전부터 나는 딩크제를 준비해 놓고 있었으며, 약제 도매상을 통해 마지막으로 필요한 특별한 성분의 소금을 대량으로 구입해 놓았다. 그리고 저주의 그날 밤, 마침내 나는 약품을 유리관 안에 부었고, 끓기를 멈추고 연기가 가라앉은 물약을 심호흡을 한번 한 뒤 단숨에 들이켰다.

엄청난 고통이 뒤따랐다. 속이 뒤집히고 뼈를 갈아대는 통증과 함께 출산이나 죽음의 고통과 비견되는 정신적 공포가 찾아왔다. 잠시 후 고통이 조금씩 가라앉으며 큰 병에서 회복 된 사람처럼 나는 다시 정신을 차릴 수 있었다. 하지만 뭔가 묘한 느낌이, 표현할 수 없을 만치 새롭고 색다르면서도 믿기 어려울 정도의 달콤함이 느껴졌다. 몸은 더 젊어지고 가볍고 상쾌해진 듯했다. 난폭한 흥분과 무질서한 관능에 대한 환상이 샘물처럼 솟아났다. 모든 책무의 굴레로부터 벗어난 듯, 알 수는 없지만 뭔가 순수하지 못한 영혼의 해방감 같은 게 나를 감쌌다. 내게서 분리되어 나온 새로운 생명이 첫 숨을 내쉬는 순간, 나는 전보다 열 배는 사악해져 있음을, 본래부터 내가 가지고 있던 사악한 본능의 노예가 되어 있음을 알 수 있었다. 생각이 여기까지 미치자 술에 취한 듯이 기분이 좋아졌고 기운이 솟아났다. 나는 전에 없던 새로운 감각에 한껏 고무되어 두 팔을 활짝 벌렸다. 그러다가 문득 내 키가 줄어들었음을 깨달았다.

당시 내 방에는 거울이 없었다. 이 글을 쓰고 있는 내 옆에 놓인 거울은 신체가 변하는 모습을 보기 위해 나중에 가져다놓은 것이다. 어쨌든 밤이 지나 새벽이 오고 있었다. 밖은 아직 캄캄했지만 이제 동이 틀 시각이었다. 집에서 일하는 사람들은 모두 정신없이 잠들어 있었다. 나는 희망과 승리감에 도취되어 바뀐 모습 그대로 침실까지 가보리라고 마음먹었다. 정원을 가로질러 가는 동안 밤하늘을 수놓은 별들마저 이제껏 보지 못했던 창조물을 놀라 내려다보는 것 같았다. 나는 마치 외부의 침입자처럼 내 집 복도를 조용조용 걸어갔다. 그리고 마침내 침실로 들어섰을 때 비로소 에드워드 하이드의 모습을 볼 수 있었다.

지금부터는 내가 아는 것이 아닌, 이론상 추측 가능한 것만 이야기하려 한다. 지금 육체화한 나의 악한 본성은 방금 내가 벗어버린 선한 본성보다 허약하고 발육도 부진했다. 더구나 내 삶의 10분의 9는 노력, 미덕, 절제로 이루어져 있었기 때문에 악한 본성은 제대로 사용되지 않았고 따라서 상대적으로 덜 소모되었다. 에드워드 하이드가 헨리 지킬에 비해 작고 가벼우며 젊었던 건 바로 그 때문이라고 생각한다. 내 얼굴 한쪽에선 선이 빛나고 있었지만 다른 한쪽에는 크고 선명하게 악이 새겨져 있었다. 게다가 악은 (난 아직도 이것을 인간이 지닌 죽음의 한 측면이라고 생각한다.) 이 육체에 불구와 퇴화의 흔적을 남겼다. 하지만 거울에 비친 추한 형상을 보았을 때에도 난 거부감이 느껴지지 않았고 오히려 반갑다는 생각이 들었다. 이 또한 나의 본모습이었다. 그는 자연스러웠고 인간적이었다. 이 새로운 육신은 내가 보기엔 생동하는 영혼을 지닌 듯했고, 지금까지 나로 불리던 불완전하고 이중적인 모습의 존재보다 명료하고 함축적으로 나를 표현하는 듯했다. 여기까지 내 생각은 의심할 여지 없이 맞아떨어졌다. 그리고 내가 에드워드 하이드의 육신으로 있을 때엔 동물적인 공포를 느끼며 아무도 감히 다가서지 못한다는 걸 알았다. 우리가 만나는 인간은 선과 악이 뒤섞인 존재인데, 에드워드 하이드는 순전히 악한 속성만으로 이루어진 존재이기 때문일 거라고 나는 생각했다.

나는 아주 잠깐만 거울 앞에 머물러 있었다. 두 번째 결정적인 실험은 아직 시도되기 전이었다. 만약 내가 되돌릴 수 없을 정도로 정체성을 잃어버린 상태라면 더는 내 집이 될 수 없는 이곳에서 아침이 되기 전 도망쳐야 했다. 서둘러 서재로 돌아온 나는 다시 한 번 약을 조제해서 마셨다. 그러자 다시 몸이 녹아내리는 듯한 극심한 고통이 찾아왔고, 헨리 지킬의 성격과 체구와 얼굴을 지닌 본래의 나로 되돌아왔다.

그러니까 그날 밤이 내 운명의 갈림길이었다. 내가 보다 숭고한 정신으로 과학적 발견을 시도했거나 인간에 대한 존중이나 경건함을 지니고 실험에 임했더라면 모든 것은 달라졌을 테고 나는 탄생과 죽음의 고통을 거쳐 악마가 아닌 천사로 다시 태어났을 것이다.

그러나 그 약은 내게 선택의 여지를 주지 않았다. 그것은 악마적이지도 신성하지도 않았으며, 다만 내 본성을 가두었던 감옥의 문을 흔들어 부숴 놓았을 뿐이다. 그래서 마치 빌립보에 갇혔던 죄수들이 탈옥하듯 내 본성을 밖으로 뛰쳐나오도록 만든 것이다.* 마침 잠들어 있던 내 선한 본성 대신에 들끓는 욕망으로 늘 깨어 있던 악한 본성이 기회를 놓치지 않았던 것이다. 이렇게 해서 그날 밤 튀어나온 것이 바로 에드워드 하이드였다.

나는 이렇게 두 개의 각기 다른 외모와 성격을 지닌 인간으로 태어났다. 하나는 완벽하게 악의 형상을 뒤집어 쓴 하이드였고, 다른 하나는 되돌릴 수도 나아질 수도 없는 절망적인 부조화 상태의 헨리 지킬이었다. 상황은 이렇게 점점 나빠지고 있었다.

그때까지도 나는 연구에 치여 사는 생활의 무료함을 극복하지 못하고 있었다. 나는 삶을 즐기고 싶었다. 하지만 누가 보더라도 내가 누리는 환락은 고상하지 못한 것이었다. 명성을 얻고 존경받는 위치에서 나이를 먹다 보니 이런 어울리지 않는 생활이 점점 힘겨워졌다. 한데 내게 새로 생긴 능력은 이런 틈을 메워주었고 결국 나를 노예상태에 빠져들게 만들었다. 약 한 병만 마시면 저명한 교수의 몸에서 빠져나와 마법의 망토를 두르듯 에드워드 하이드가 될 수 있었던 것이다. 생각만 해도 저절로 웃음이 나왔다. 그때는 그것이 너무나 즐거웠다. 나는 모든 걸 꼼꼼히 준비했다. 일단 소호 지구에 집을 사서 가구들을 들여놨다. 경찰이 하이드를 쫓다가

★ 사도행전에 나오는 일화로, 바울과 실라가 빌립보(필리피)의 감옥에 갇히게 되었는데, 그들이 기도하고 찬송가를 부르자 큰 지진이 나며서 감옥 문이 열리고 감옥 안에 있던 많은 죄수들이 도망쳤다.

찾아낸 바로 그 집이었다. 전부터 알던, 입이 싸지 않고 눈치 빠른 가정부를 집에 들여놓았다. 하인들에게는 하이드의 생김새를 자세히 일러두고 내 집에 자유로이 드나들 수 있도록 해두었고 만일에 대비해 내 분신인 하이드의 모습으로 가끔 나타나 하인들이 익숙해지도록 만들었다. 그 뒤에는 어터슨이 그토록 반대했던 유언장을 준비했다. 만약 지킬 박사인 상태에서 내게 무슨 일이 생기면 재산을 에드워드 하이드 명의로 유지한 채 살아갈 수 있도록 하기 위해서였다. 이렇게 만반의 준비를 다 해놓은 뒤에 난 모든 책임에서 벗어나 특권적 삶을 누리기 시작했다.

예로부터 사람들은 자기의 몸과 명성에 피해가 가지 않도록 범죄를 저지르는 방법으로 자객을 이용하곤 했다. 하지만 자신을 위해 스스로 자객이 된 경우는 내가 처음이 아닐까 싶다. 사람들의 존경 어린 시선을 받으며 하루를 견뎌낸 뒤에 마치 학교에서 돌아온 아이처럼 언제든 자유의 바다로 뛰어들 수 있는 삶을 살 수 있게 된 것이다. 누구도 꿰뚫어 볼 수 없는 망토를 두르고 있는 한 나는 안전했다. 생각해보라! 난 애초에 존재하지도 않는 인간이었다. 에드워드 하이드가 무슨 짓을 하고 다니든 연구실로 돌아와 준비된 약을 섞어 마실 수 있는 몇 초의 시간만 있으면 모든 것이 거울에 서린 입김처럼 흔적 없이 사라지게 되는 것이다. 하이드가 있던 자리엔 조용한 집에 앉아 밤새도록 연구에만 몰두하는, 모든 의심의 눈초리를 미소로 무마할 수 있는 헨리 지킬이 있었기 때문이다.

앞서 말했지만 내가 누린 쾌락은 고상하지 못했다. 더 이상의 자세한 설명은 자제하겠지만, 이런 쾌락은 에드워드 하이드의 손에 들어가는 순간 끔찍한 결과로 나타나곤 했다. 방탕에서 돌아온 나는 종종 내 대리인이 저지른 악행에 경악을 금치 못했다. 마음껏 쾌락을 즐기라고 내 영혼이 보낸 이 악마는 비열하고 극악무도했다. 그는 자신만을 생각했고, 오직 자신만을 위해 행동했으며, 짐승처럼 타인의 고통은 아랑곳없이 자기 욕망만을 채웠다. 게다가 그는 돌덩이로 만들어진 것처럼 무자비했다.

처음엔 헨리 지킬도 에드워드 하이드가 저지른 악행에 깜짝 놀라곤 했지만, 본래부터 일반적인 상식에서 벗어난 처지였던지라 양심의 가책도 점점 무뎌져 갔다. 어쨌거나 죄를 지은 건 하이드였고 지킬은 아무것도 변한 게 없었다. 지나고 나면 그의 선한 본성은 조금도 손상되지 않은 채 본래 모습으로 돌아와 있었다. 심지어 지킬은 하이드가 저지른 짓들을 어떻게든 무마하려 시도했다. 하지만 그러는 동안에도 그의 양심은 점점 무디어져 갔다.

내가 모르는 척 눈감았던 파렴치한 행동들을 (지금도 나는 내가 그런 짓들을 저질렀다는 걸 인정할 수 없다) 여기에 낱낱이 열거하고 싶은 생각은 없다. 다만 지금은 이후에 내려질 징벌을 경고했던 사건들에 대해서만 얘기해 보려고 한다. 결정적인 사건에 앞서 내가 저지른 작은 사건이 하나 있었는데, 큰 파장을 일으키진 않았기에 짧게만 얘기하겠다. 어느 어린아이에게 가한 잔인한 행동 때문에 지나가던 행인으로부터 큰 분노를 산 적이 있다. 그리고 얼마 전 나는 그 행인이 바로 어터슨의 친척이라는 사실을 알게 되었다. 의사와 아이의 가족들과 합세해 그는 날 공격했었고 그때 난 잠시나마 생명의 위협을 느꼈다. 에드워드 하이드는 그들의 정당한 분노를 가라앉히기 위해서 집 문 앞까지 데려왔고 헨리 지킬의 이름으로 수표를 지불했다. 그 뒤에 나는 혹시 닥칠지 모를 위험에 대비해 에드워드 하이드의 이름으로 된 다른 은행의 계좌를 개설해 놓았다. 잔뜩 모로 눕힌 필체로 내 분신의 서명을 대신했기에 난 충분히 위험에서 벗어났다고 생각했다.

댄버스 경의 살인 사건이 일어나기 두 달쯤 전, 나는 또다시 모험을 즐기기기 위해 외출했다가 늦게 집으로 돌아왔다. 한데 다음날 아침, 잠에서 깨어났을 때 뭔가 이상한 느낌에 사로잡혔다. 일어나 주위를 둘러봐도 느낌은 그대로였다. 내 집의 고상한 가구들과 높은 천장, 침대 커튼의 문양과 마호가니로 짠 침대 틀의 모양을 확인하고 난 뒤에도 기분은 마찬가지였다. 내가 있다고 생각한 곳, 내가 잠들었다고 생각한 방이 아니라 에드워드 하이드의 몸으로 잠들곤 하던 소호 구역의 작은 방에 누워 있는 느낌이었다. 나는 속으로 웃으며 온갖 심리학 이론을 동원하여 이런 착각의 이유들을 생각해 보았고 이내 다시 달콤한 잠에 빠져들었다. 낯선 느낌에서 벗어나지 못한 채 이따금씩 잠에서 깨곤 하던 어느 순간 나는 내 손을 보게 되었다. 헨리 지킬의 손은 (어터슨이 자주 말했듯이) 의사라는 직업에 맞게 크고 단단했지만 마치 여자의 손처럼 희고 고왔다. 한데 그날 아침 런던의 누런 햇살 속에 반만 덮고 누운 이불 위로 드러난 손은 관절이 굵고 울퉁불퉁한데다 지저분한 검은 털까지 수북이 나 있었다. 그것은 바로 에드워드 하이드의 손이었다!

　나는 너무 놀란 나머지 약 삼십 초 동안이나 그 손을 뚫어지게 쳐다보았다. 그리고 내 귓가에 느닷없이 심벌즈를 쳐대는 듯한 공포감에 벌떡 일어나 거울 앞으로 달려갔다. 거울에 비친 내 모습을 본 순간 나는 온몸의 피가 얼어붙는 듯한 충격에 빠졌다. 분명 헨리 지킬의 몸으로 잠자리에 들었는데 에드워드 하이드의 모습으로 잠에서 깨어났던 것이다. 이를 어떻게 설명해야 할까? 나는 스스로 반문했고, 순간 또 다른 공포가 밀려왔다. 이 사태를 어떻게 해결해야 하지? 늦은 아침이라 하인들은 벌써 일어나 있었고 약품들은 모두 서재에 있었다. 지금 공포에 휩싸여 있는 이곳에서 서재까지 가려면 두 층의 계단을 내려가야만 하고, 건물 뒤쪽 통로와 정원을 지나 해부학 강의실까지 가야만 했다. 물론 얼굴을 가리고 지나갈 수는 있었다. 하지만 체격이 눈에 띄게 작아졌는데 얼굴을 가린들 무슨 소용이 있겠는가? 그때 문득 하인들이 나의 두 번째 자아가 집에 드나드는 것에 익숙해져 있다는 게 생각났다. 큰 안도감과 함께 짜릿한 전율마저 느껴졌다. 나는 곧바로 몸 크기에 맞는 옷으로 갈아입고 방을 나섰다. 브래드쇼가 이렇게 이른 시각에 이상한 옷차림으로 나오는 하이드를 보고 깜짝 놀라 뒤로 물러섰다. 그로부터 십 분 뒤, 본래 모습으로 돌아온 지킬 박사는 미간을 잔뜩 찌푸린 채 식탁에 앉아 아침식사를 하는 시늉을 하고 있었다.

입맛이 있을 리 없었다. 내 경험을 위반하는, 설명할 수 없는 이 사건은 마치 옛 바빌론 궁전의 벽에 나타난 손가락처럼 나를 심판하는 글을 써내려가고 있는 것 같았다.★ 이후로 나는 내 이중적 존재가 지닌 문제점과 나의 앞날에 대해 심각하게 고민하게 되었다. 마음만 먹으면 언제든 불러낼 수 있는 나의 분신은 최근 들어 활동량이며 영양상태가 좋아진 듯했다. 그래서인지 요즘의 에드워드 하이드는 (내가 그의 몸을 하고 있을 때 보면) 더 혈기왕성해지고 몸집도 커진 걸 느낄 수 있었다. 그래서 이런 상황이 계속된다면 내 본성의 균형이 깨지고 자연스러운 변화의 힘이 사라져 에드워드 하이드의 성격만 남게 되는 건 아닐까 하는 위기감을 느꼈다. 약의 효과 또한 일정하지 않았다. 이런 생활을 시작할 무렵 딱 한 번 실패를 경험한 적이 있었다. 이후로 한두 번은 복용량을 두 배로 늘린 적도 있었고 한 번은 죽음을 무릅쓰고 세 배로 늘리기도 했다. 드물기는 했지만 이런 불확실성은 나의 만족한 생활에 어두운 그림자를 드리우고 있었다. 아침의 일로 미루어볼 때 처음엔 지킬의 몸에서 빠져나오기 힘들던 것이 점점 반대로 되어가고 있는 게 분

★ 구약성서 다니엘 5장에는 바빌론의 마지막 왕 벨사살이 연회를 베풀던 궁전의 회벽에 손가락이 나타나 왕국의 멸망을 알리는 경고를 써내려갔다는 내용이 전한다. (단 5:5,25).

명했다. 그래서 나는 점점 본래의 신한 자아를 잃어버리고 사악한 두 번째 자아로 옮겨가고 있는 거라는 결론에 이르렀다.

이제 둘 중 하나를 선택해야 할 시기가 오고 있다는 생각이 들었다. 같은 기억을 공유하고 있었지만 내 두 가지 본성이 지닌 능력은 각기 달랐다. 지킬(선과 악이 섞여있는)은 극도의 불안과 탐욕스런 열정 사이에서 방황하면서도 하이드의 쾌락과 모험을 함께 즐기고 있었다. 반면 하이드는 지킬에게 아무런 관심도 없었고, 마치 도적들이 추적을 피할 은신처를 찾듯 몸을 숨길 장소 정도로만 생각했다. 지킬은 아버지의 마음으로 하이드에 관심을 보였지만, 하이드는 자식이 아버지를 생각하는 만큼의 관심도 없었다. 내가 지킬로 계속 살아가려면 몰래 탐닉하다 이젠 헤어날 수 없을 만치 깊이 빠져버린 이 모든 욕구들을 물리쳐야 했다. 하지만 하이드로 계속 살아간다면 나는 수많은 이익과 성취를 포기하고 죽을 때까지 친구 하나 없이 경멸 속에서 생을 마감하게 될 것이다. 이는 결코 공정한 거래가 될 수 없었다. 게다가 이 두 가지 선택을 저울질하면서 또하나 생각해야 할 것이 있었다. 그것은 지킬은 금욕의 고통을 아프게 견뎌야 하는 반면 하이드는 자신이 무얼 잃어버리게 될지 인식조차 하지 못할 것이라는 점이었다. 내가 처한 상황이 무척 드물긴 했지만, 사실 이런 논쟁은 인류의 역사만큼이나 오래되고 평범한 것들이었다. 죄악의 유혹 앞에서는 반드시 끌림과 두려움이라는 가슴 떨리는 선택의 시간이 찾아오기 마련이었다. 나는 내 주변에 있는 대부분의 사람들이 택하는 선한 길을 가려고 했지만 결과적으로 그런 결심을 지켜나갈 힘이 부족했다.

그랬다! 나이가 들고 불만족스럽더라도 난 친구들과 어울리고 정직한 희망을 품고 살아가는 의사가 되고 싶었다. 그래서 하이드라는 가면 속에서 누렸던 자유나 젊음, 발랄함, 혈기, 은밀한 쾌락 같은 것들과 단호하게 작별하려 했다. 하지만 이런 결단 속에는 스스로도 의식하지 못한 미련의 찌꺼기가 남아 있었다. 소호에 있는 집을 그대로 두었고 에드워드 하이드의 옷가지들도 서재 안에 그대로 남겨두었기 때문이다.

그래도 두 달 동안은 내 결심을 유지할 수 있었다. 이 기간 동안 나는 그 어떤 때보다 금욕적으로 살았고 그에 따른 양심의 보상도 즐길 수 있었다. 그러나 처음의 경계심은 점점 무디어졌고 양심 바른 행동들에 대한 칭찬도 점점 당연한 것으로 여기게 되었다. 하이드가 자유를 갈망하여 몸부림쳤듯이 나는 번뇌와 갈망으로 괴로워하기 시작했다. 그리고 어느 한 순간 내 정신이 약해지는 시기가 찾아왔고, 결국 난 또 한 번 변신하기 위해 약을 들이키고 말았다.

술주정뱅이가 육체적으로 무감각해진 상태에서 야수가 되어 버릴 수도 있다는 사실을 의식하며 악행을 저지르는 건 5백 번에 한 번이나 될까? 나 또한 스스로를 경계했지만 완전한 도덕적 무감각 상태에서 언제든 악마로 돌변할 수 있는 에드워드 하이드의 상태를 충분히 고려치 못했다. 내가 벌을 받게 된 건 바로 이 때문이었다. 오랫동안 갇혀 꼼짝 못하던 내 안의 악마가 으르렁거리며 밖으로 뛰쳐나가려 몸부림치고 있었다. 약을 마시면서도 내가 이전보다 맹렬하게 날뛰며 더 나쁜 상태로 치닫고 있음을 느낄 수 있었다. 나의 불행한 희생자가 다가와 정중히 말을 건네는 소리를 듣는 순간 내 영혼에 참을 수 없는 조바심의 폭풍이 몰려왔던 것도 바로 이런 때문이었을 것이다. 적어도 신이 부여해준 도덕성을 간직한 사람이라면 사소한 자극에 그토록 끔찍한 범행을 저지르지는 않을 것이다. 성난 아이가 손에 들고 있던 장난감을 때려 부수듯 나는 어느샌가 댄버스 경을 두들겨대고 있었다. 가장 악한 사람이라도 유혹 가운데 어느 정도의 평정심을 유지케 해주는 균형 본능이란 게 있다. 하지만 그날 나는 그걸 기꺼이 벗어던졌다. 다시 말해 난 아주 작은 유혹에도 기꺼이 굴복할 준비가 되어 있었던 것이다.

그때 내 몸 안에선 지옥의 정령이 깨어나 날뛰고 있었다. 나는 한번 내리칠 때마다 말할 수 없는 쾌감에 전율하며 아무 저항도 하지 못하는 사람을 사정없이 두들겨 패고 또 두들겨 팼다. 그렇게 끓어오르는 흥분이 절정에 다다랐을 무렵 갑자기 차가운 공포가 심장을 스치고 지나갔다. 곧이어 피로감이 몰려왔고 눈앞의 안개가 걷히면서 나의 삶이 끝나 버렸다는 걸 깨달았다. 나는 한편으론 희열을, 다른 한편으론 공포감을 느끼면서 현장에서 도망쳤다. 내 사악한 본성이 충족되자 삶에 대한 욕망은 더 강해졌다. 소호의 집으로 달려간 나는 안전을 위해 증거가 될 만한 서류들을 모두 불태워버렸다. 다시 가로등이 밝혀진 거리로 나온 나는 정신이 분열된 상태에서 스스로 저지른 범죄의 짜릿함을 음미하며 가벼운 마음으로 다음 범죄를 궁리했다. 그러면서도 누군가 날 응징하기 위해 따라오지는 않는지 귀를 쫑긋 세우며 걸음을 재촉했다. 하이드는 노래를 흥얼거리면서 약을 제조했고, 죽은 자를 애도하며 그것을 들이켰다. 몸을 찢는 듯한 변신의 고통이 가라앉자 헨리 지킬은 감사와 후회의 눈물을 쏟으며 하나님 앞에 무릎을 꿇고 두 손을 모았다. 머리부터 발끝까지 온몸을 덮고 있던 방종의 죄악이 벗겨지자 비로소 내 모든 삶을 되돌아 볼 수 있었다. 아버지의 손을 잡고 걷던 어린 시절부터 의사의 길로 나아가기 위해 자신을 담금질하던 시절, 그리고 아직도 현실이라 믿기지 않는 힘든 저주의 그날 밤까지를 몇 번이고 되새기고 또 되새겼다. 비명조차 지를 수 없는 가운데 끔찍한 환영과 환청이 몰려왔고 나는 그것들을 잠재우기 위해 눈물을 쏟으며 기도를 드렸다. 기도하는 중에도 죄악의 모습을 뒤집어 쓴 추악한 얼굴 하나가 내 영혼을 내려다보고 있었다. 하지만 회한의 격렬함이 점차 사라지자 다시 환희의 감정이 몰려들었다. 앞으로 내가 처신해야 할 방향이 확실해졌다. 이제 절대 하이드로 되돌아가서는 안 된다. 되든 안 되든 내 존재의 선한 쪽에 머물러 살아가는 수밖에 없는 것이다. 아! 이렇게 생각하니 기쁨이 솟아올랐다! 이제 다시 스스로를 겸손하게 낮추고 평범한 일상의 속박들을 기꺼이 받아들여야 한다! 결의를 다지기 위해 나는 지금까지 드나들던 문에 자물쇠를 채우고 열쇠를 구둣발로 밟아 부숴 버렸다.

날이 밝자 살인사건에 관한 소식이 들려왔고 하이드의 범죄 사실이 만천하에 알려졌다. 살해된 사람이 사회적으로 크게 존경받던 인물이라는 사실이 알려지자 사건은 단순한 범죄를 넘어 큰 비극으로 인식되었다. 나는 소식을 듣고 오히려 기뻤다. 교수형의 공포가 선한 자아를 지탱하려는 나를 지켜줄 것이라 믿었기 때문이다. 이제 지킬이 나의 도피처가 된 것이다. 하이드가 상황을 살피기 위해 잠시라도 세상 밖으로 고개를 내미는 순간 만인의 손이 그를 끌어내 죽일 것이 분명하기 때문이다.

그날 이후 나는 과거를 속죄하는 마음으로 살아가기로 결심했다. 솔직히 말하면 이런 결심은 어느 정도 결실을 보았다. 지난 해 몇 개월 동안 내가 고통 받는 사람들을 위해 얼마나 헌신적으로 봉사했는지 어터슨도 잘 알 것이다. 난 다른 사람들에게 도움을 주기 위해 열심히 살았고 그렇게 평온한 날들이 지속되었다. 나 스스로에게도 행복한 시간이었다. 자선을 베풀고 순결한 삶을 사는 것이 조금도 지겹지 않았다. 날이 갈수록 그런 삶을 즐기게 되었다고 나는 감히 말할 수 있다. 하지만 내 마음속에는 여전히 두 개의 칼날이 품어져 있었다. 그리고 참회의 칼날이 점점 무뎌지면서 내 깊은 곳에서 사슬에 묶여 있던 저열한 본성이 아우성치기 시작했다. 하이드를 소환할 생각은 꿈에도 없었다. 그건 생각만으로도 몸서리 쳐지는 일이었다. 양심을 저버리고 싶은 유혹은 나 자신으로부터 나온 것이었고, 이런 경험은 몰래 죄를 짓는 자들이 빠지게 되는 유혹과도 다르지 않았다.

모든 일에는 끝이 있기 마련이다. 아무리 먼 길도 언젠가는 끝이 나는 법. 내 안의 악마에게 잠시 길을 비켜준 것이 결국엔 내 영혼의 균형을 무너뜨리고 말았다. 그럼에도 나는 당황하지 않았다. 약을 발명하기 전의 시절로 돌아가는 것이 그랬던 것처럼 나의 타락도 아주 자연스러운 것처럼 여겨졌다. 1월의 어느 화창한 날이었다. 서리가 녹아 발밑은 질퍽했지만 하늘엔 구름 한 점 없었다. 겨울새들이 지저귀는 리젠트 공원은 싱그러운 봄의 향기로 가득했다. 나는 벤치에 앉아 햇볕을 즐기고 있었다. 그러나 그 순간에도 내 안의 짐승은 달콤한 기억의 조각들을 곱씹으며 입맛을 다시고 있었다. 뒤늦은 참회를 책임질 내 정신의 다른 쪽은 깜박 잠이 들어 활동을 시작하기 전이었다. 어쨌든 나는 주변의 사람들과 내가 다르지 않다고 생각했다. 나는 계속 자신을 남과 비교해 보았다. 그리고 내 적극적인 선행과 주변 사람들의 잔인한 무관심을 비교하며 입가에 미소를 떠올렸다. 이렇게 교만한 생각에 빠져든 순간, 갑자기 심한 구역질과 함께 참을 수 없는 오한이 찾아왔다. 증세가 가라앉은 뒤에도 나는 정신을 차릴 수 없었다. 겨우 정신이 들었을 때 내 기분과 생각이 전과 달라져 있다는 걸 느낄 수 있었다. 나는 매우 대담해져 있었고, 위험 같은 건 전혀 두렵지 않았으며, 모든 속박이나 의무로부터 벗어나 있었다. 내 몸을 내려다보았다. 쭈그러든 몸에 모양새 없이 옷이 걸쳐져 있고 무릎 위에 놓인 투박한 손에는 털이 나 있었다. 다시 에드워드 하이드로 변해 있었던 것이다. 조금 전까지만 해도 나는 부유했고, 모든 사람의 존경과 사랑을 받고 있었으며, 내 집 식탁에는 하인들이 나를 위한 식사를 차려 놓고 기다리고 있었다. 그런데 갑자기 악명 높은 살인자로 변해 교수형을 걱정하며 거처도 없이 쫓겨 다녀야 하는 신세가 되고 만 것이다.

내 판단이 흔들렸지만 그렇다고 완전히 정신을 놓아버린 상태는 아니었다. 지금까지 여러 차례 경험한 바에 의하면 나는 두 번째 본성의 상태에서 더 명철하게 판단하고 상황에 기민하게 반응할 수 있었다. 그래서 지킬이라면 포기했을 중대한 사안도 하이드는 잘 대처할 수 있었다. 내 약은 서재의 서랍장 안에 들어 있었다. 어떻게 거기까지 갈 것인가? 나는 관자놀이를 두 손으로 누르며 해결책을 궁리했다. 실험실 문은 내가 자물쇠로 잠가 버렸다. 이 상태로 집에 들어가려고 하면 하인들이 나를 붙잡아 교수대로 보낼 것이 틀림없다. 나는 다른 이의 도움이 필요하다는 걸 깨달았다. 그때 떠오른 사람이 바로 래니언이었다. 그에게 뭐라고 얘기할까? 어떻게 그를 설득할까? 길거리에서 붙잡히는 걸 모면한다 해도 어떻게 그를 만나러 집까지 간단 말인가? 처음 보는데다 혐오스럽기까지 한 불청객이 어떻게 명성 높은 의사를 설득해 친구인 지킬 박사의 서재를 뒤지도록 할 수 있을까? 그때, 나는 내 본래 인격 가운데 한 부분이 아직까지 살아있다는 사실을 떠올렸다. 나는 내 본래의 필체로 글을 쓸 수 있었다. 한줄기 빛처럼 아이디어가 떠오르자 다음에 가야 할 길이 끝까지 보였다.

나는 최대한 옷을 몸에 맞춰 입고 마차를 불렀다. 그리고 우연히 이름이 떠오른 포틀랜드 거리의 한 호텔로 향했다. 내 모습을 보자 (그것이 감싸고 있는 상황은 비극적이었지만 내 모습은 너무나 희극적이었다.) 마부는 웃음을 참지 못하고 킥킥거렸다. 그런 그에게 나는 악마와도 같은 분노의 표정을 지어보이며 으르렁댔다. 마부의 얼굴에서 웃음기가 사라졌다. 그에겐 다행스런 일이었고 나에겐 더욱 다행스러운 일이었다. 그가 조금만 더 웃었다면 당장 자리에서 끌어내려 길바닥에 패대기쳤을 것이다. 호텔에 들어섰을 때도 음산한 얼굴로 주위를 둘러보는 나를 호텔 종업원들은 벌벌 떨며 맞았다. 그들은 나와 눈길도 마주치지 못한 채 굽실거리며 내 지시를 따랐다. 별실로 안내된 나는 편지 쓰는 데 필요한 도구들을 가져오라고 명령했다. 죽음의 위협에 처한 하이드는 내게도 생소했다. 그는 엄청난 분노 속에서 살인도 불사할 듯 흥분 상태에 있었고 다른 사람에게 고통을 주고 싶어 안달하고 있었다. 그럼에도 하이드는 영리했다. 강한 의지와 노력으로 분노를 다스리며 그는 래니온과 풀 두 사람에게 보낼 편지를 썼다. 그리고 편지가 제대로 도착했는지 확인하기 위해 등기우편으로 보낼 것을 지시했다. 이후에는 하루 종일 별실 난롯가에 앉아 손톱을 물어뜯으며 시간을 보냈다. 그는 방 안에서 불안해하며 혼자 저녁식사를 했는데, 시중을 들던 웨이터는 눈에 띄게 겁에 질려 있었다. 밤이 깊어지자 그는 호텔을 나섰고, 문을 꼭 닫은 마차에 몸을 웅크린 채 도시의 거리를 여기저기 돌아다녔다. 내가 지금 하이드를 '그'라고 부르는 것은 그자를 도저히 '나'라고 말하고 싶지 않기 때문이다. 어둠이 만들어낸 그자는 인간다운 면을 조금도 가지고 있지 않았다. 그가 가지고 있는 것이라곤 증오와 두려움뿐이었다. 마부가 점점 의심의 눈초리를 보내자 그는 합승마차에서 내려 대담하게 길을 걷기 시작했고, 몸에 맞지 않는 큰 옷 때문에 사람들의 시선이 모이자 밤거리 행인들 틈으로 숨어들었다. 증오와 두려움이라는 두 가지 감정이 그의 안에서 격렬하게 소용돌이치고 있었다. 그는 두려움 때문에 혼잣말을 중얼거리며 점점 걸음을 빨리했다. 그리고 인적 드문 길을 골라 자정까지 시간을 헤아리며 초조히 기다렸다. 한번은 어떤 여자가 말을 걸어왔다. 아마 성냥 한 갑을 팔아 달라고 하는 것 같았다. 그는 여자의 뺨을 갈겼고 그녀는 달아나 버렸다.

내가 래니온의 집에서 본래의 모습으로 돌아왔을 때 오랜 친구가 드러낸 공포심은 나에게도 큰 충격이었던 것 같다. 아니, 모르겠다! 그가 느꼈을 공포는 내가 이전 몇 시간동안 경험했던 극도의 자기혐오에 비하면 바다 가운데 물 한 방울에 지나지 않을 것이다. 난 변해 있었다. 날 괴롭히는 것은 교수대의 공포가 아니라 다시 하이드가 되는 것이었다. 나는 래니온이 날 비난하는 소리를 반쯤은 정신이 나간 상태에서 들었다. 그리고 집에 돌아와 잠자리에 들 때까지 여전히 꿈을 꾸고 있는 느낌이었다. 혹독한 하루를 보낸 탓인지 늘 괴롭히던 악몽조차 날 깨우지 못할 정도로 깊은 잠에 빠져들었다. 다음날 아침에 잠에서 깨어났을 땐 몸이 떨리고 힘이 하나도 없었지만 기분은 상쾌했다. 그럼에도 난 여전히 내 안에 웅크리고 있는 짐승을 증오하고 두려워하고 있었다. 어제의 아찔했던 위험도 잊을 수가 없었다. 그래도 나는 집으로 돌아왔고 약병도 바로 옆에 있었다. 무사히 위기를 넘겼다는 안도감이 마음 깊은 곳에서 솟아났고 밝은 희망의 빛까지 보이는 듯했다.

아침식사를 마친 뒤 나는 가볍게 안뜰을 거닐며 차고 신선한 아침 공기를 들이마셨다. 그때 갑자기 하이드로의 변신할 것 같은, 말로 표현할 수 없는 느낌이 왔다. 다시 하이드의 미친 분노와 격정에 휩싸이기 직전 나는 도망치듯 서재로 돌아올 수 있었다. 이번엔 전에 마셨던 양의 두 배가 필요했다. 아! 그런데 채 여섯 시간도 지나지 않아 우울하게 벽난로를 응시하는 사이 다시 고통의 느낌이 찾아왔고, 나는 또 약을 마셔야 했다. 그날 이후로 지킬의 모습으로 있기 위해선 육체적으로 엄청난 힘을 쏟거나 즉각적인 약효에 기대야 했다. 나는 밤낮으로 변신의 조짐에 시달렸다. 특히 잠들거나 의자에 앉아 잠시만 졸아도 깨어나 보면 다시 하이드로 변해 있었다. 운명적인 파국의 예감 속에, 인간으로서 견디기 힘든 불면의 저주 속에, 내 몸과 마음은 함께 쇠약해졌고 열병에 시들어갔다. 내 머릿속은 한 가지 생각으로 가득 차 있었다. 그것은 바로 또 다른 나에 대한 공포였다. 내가 잠들거나 약효가 떨어졌을 땐 변신의 과정이 거의 없이도 (변신에 따르는 고통은 날로 줄어들었다.) 무서운 환영에 시달려야 했고, 알 수 없는 증오심에 불탔으며, 몸은 미칠 듯 주체할 수 없는 삶의 에너지에 쩔쩔매야 했다. 하이드의 힘은 지킬이 약해질수록 강해지는 것 같았다. 증오는 두 개의 자아를 구분하는 특징이었지만, 지금은 둘 다 똑같은 증오를 지니게 되었다. 지킬에게 증오는 생존본능이었다. 지킬은 의식 현상의 일부를 공유하며 결국은 함께 죽음에 이르게 될 운명 공동체인 하이드가 아주 비정상적인 존재라는 걸 깨달았다. 이렇게 하나로 묶인 운명의 굴레는 지킬에게 가장 큰 절망이자 고뇌의 원천이었다. 하이드는 뜨거운 삶의 에너지를 지니고 있었지만 지킬에게는 그가 차가운 무생물처럼 여겨졌다. 녀석은 정말 불쾌하기 짝이 없는 존재였다. 하이드는 비명을 지르고 목소리를 내는 오물덩어리, 떠다니며 죄악을 저지르는 형체 없는 흙먼지, 흐물흐물 썩어 내리는 시체 안에 생명의 자리를 차지한 존재에 불과했다. 이 공포의 폭군은 아내처럼, 눈동자처럼 엮여 내 몸속에 갇혀 있었다. 내 몸속에서 놈이 중얼거리는 소리가 들렸고, 빠져나오려고 안간힘을 쓰는 게 느껴졌다. 그리고 지킬이 허약해지거나 잠이 들 때마다 그를 누르고 힘을 빼앗아갔다.

하이드가 지킬을 증오하는 이유는 달랐다. 그는 교수형에 처해지는 것이 두려워 반복적으로 일시적인 자살을 감행했고, 완전한 개인이 아닌 종속적인 자리로 밀려나야 했다. 하이드는 이런 상황이 견딜 수 없었다. 지킬이 낙담해 있는 것이 싫었고 자신을 미워하는 것에 분노했다. 그래서 하이드는 원숭이 같은 꾀로 나를 골탕먹이곤 했는데, 내 글씨로 책에 욕설을 휘갈기고 편지를 태워버리거나 아버지의 초상화를 망가뜨리는 식이었다. 그가 죽음을 두려워하지 않았다면 벌써 오래전에 자신과 함께 모두를 파멸시키고 말았을 것이다. 하지만 그의 삶에 대한 집착은 놀라웠다.

그래서 나는 한 발 더 나아가기로 결심했다. 이젠 그를 생각하는 것만으로도 소름이 끼치고 몸이 얼어붙을 지경이었다. 나는 그의 비열함과 삶에 대한 애착을 잘 알고 있었다. 또한 내가 자살로 그를 끝장내버릴 수 있다는 게 그에게 얼마나 큰 두려움인지도 잘 알고 있었다. 그래서 난 마음을 다해 그를 불쌍히 여기기로 했다.

이젠 더 이상 기록을 남길 시간이나 의미조차 없다. 나와 같은 종류의 고통을 겪은 사람은 이제껏 없었다. 설명은 이것만으로 충분하다. 매일매일 습관적으로 반복되어도 고통에 대한 면역력은 생겨나지 않았고 영혼의 무감각 상태와 절망에 대한 순응만이 있을 뿐이었다. 그래도 내게 마지막으로 닥친 재앙, 내 본모습과 본성을 완전히 분리해 놓은 그 재앙만 없었다면 내게 내려진 징벌은 몇 년 더 지속되었을지도 모른다. 가지고 있던 첨가제가 점점 바닥을 드러내고 있었기 때문이다. 첫 실험 때 구입하여 지금껏 써왔던 약품이 동이나 버렸다. 나는 새 첨가제를 구입해 그걸로 약을 만들어 보려 했다. 부글부글 끓어오르는 첫 번째 단계까지는 괜찮았다. 하지만 첫 번째 색깔은 보이는데 두 번째 색깔이 나타나지 않았다. 그대로 마셔보았지만 아무 효과도 없었다. 내가 런던 시내를 얼마나 샅샅이 뒤졌는지 풀에게 물어보면 알 것이다. 모두 소용없는 일이었다. 내가 내린 결론은 처음 사용했던 첨가제에 미량의 불순물이 섞여 있었는데, 그 불순물이 바로 약효를 가져다 주었다는 것이었다.

일주일의 시간이 지났다. 나는 지금 원래 첨가제로 만든 마지막 약의 도움을 받아 이 글을 쓰고 있다. 더 이상 기적이 일어나지 않는다면 헨리 지킬이 자기 머리로 사고하고 자기 얼굴을 거울에 비춰보는 것도 (지금의 내 모습은 얼마나 가련한가!) 이제 마지막이 될 것이다. 이 글을 너무 오래 붙들고 있어서도 안 된다. 기록이 지금까지 온전히 남아있는 건 세심한 주의와 함께 운도 따랐기 때문이다. 이 기록을 써나가고 있는 중 변신의 고통이 찾아온다면 하이드는 노트를 갈기갈기 찢어버릴 것이다. 하지만 기록을 남기고 얼마의 시간이 흐른 뒤에 하이드로 변한다 해도 놀랄 만치 이기적이고 눈앞에 닥친 상황밖엔 생각하지 않는 그의 성격상 무슨 원숭이 같은 짓으로 위기를 모면할지 모른다. 눈앞에 다가온 파멸의 힘으로 말미암아 그는 궁지에 몰려 있고 많이 변해 있다. 지금으로부터 삼

십 분 뒤 나는 다시 한 번, 아니 영원히, 저 혐오스런 나로 변신하게 될 것이다. 그때 아마도 난 의자에 앉아 몸을 떨며 슬프게 울부짖고 있을 것이다. 또는 극도로 긴장한 상태에서 공포에 짓눌린 채 (지상의 내 마지막 피난처인) 이 방을 왔다 갔다 하며 위협적으로 다가오는 소리에 귀를 기울이고 있을 것이다. 하이드는 교수형에 처해질까 아니면 마지막 순간 스스로를 죽이는 용기를 낼까? 그건 오직 하나님만이 아실 것이다. 이제 모두 나와는 상관없는 일이다. 지금이 바로 내가 진짜 죽음을 맞이할 시간이다. 다음에 닥칠 일들은 나와 아무 상관이 없다. 그러므로 이제 펜을 내려놓고 내 고백록을 봉해야한다. 그래서 불행했던 헨리 지킬의 삶에 종언을 고해야 한다.

-끝-

소설과 뮤지컬로 함께 보는
지킬 앤 하이드

[소설 작품해설]
인간의 마음 속 괴물의 정체

[뮤지컬 작품해설]
인간의 양면성이 탄생시킨
비극의 드라마

인간의 마음 속 괴물의 정체

이민호 시인, 문학평론가

시대의 공포가 탄생시킨 괴물

21세기 들어 사람들은 인공지능이 몰려온다고 두려움에 떨고 있습니다. 전에 겪지 못한 두려움입니다. 지금까지 인류에게 가장 큰 공포는 전쟁이나 굶주림, 자연재해 같은 재난의 위험이었습니다. 실제 역사적으로 수많은 목숨을 앗아갔기 때문입니다. 인간의 상상력 속에서 만들어낸 공포도 한몫 했습니다. 바로 외계인의 출현과 역습 같은 것 말입니다. 그런데 인공지능의 도래는 환상 속 꾸민 이야기가 아닌 것 같습니다. 이미 인간 영역을 넘어 자리를 빼앗을 것이라 예상하고 있습니다. 직장을 잃게 되리라는 현실적 걱정에서 인공지능이 인간을 지배하여 노예로 만들지도 모른다는 근본적인 두려움까지 다양합니다.

이렇게 보니 로버트 루이스 스티븐슨Robert Louis Stevenson이 쓴 소설 『지킬 앤 하이드』는 영국의 빅토리아 시대 사람들이 공포에 떨었던 오늘날 인공지능 같은 이야기라 할 수 있습니다. 이 작품에는 늘 따라붙는 수식어가 있습니다. '이상한 사건' 혹은 '기이한 사례'라는 말입니다. 그만큼 일상을 뛰어넘어 '듣보잡(듣지도 보지도 못한 잡놈)' 이야기지요.

그렇다면 빅토리아 시대에는 무슨 일이 있었던 것일까요? 빅토리아 여왕이 지배했던 19세기 영국은 산업화와 과학의 진보로 번영을 누렸습니다. 우리가 알고 있는 산업혁명이 이때 절정을 이루었고 그 유명한 다윈의 진화론도 이때 등장했지요. 거대한 부의 증가와 과학의 발전은 영국을 벗어나 세계로 힘을 뻗쳐 수많은 식민지를 개척하는 제국주의로 드러났습니다. 그 당시 영국 사람들의 자신감을 드러내는 표어가 있었다면 아마 이렇게 외쳤을 겁니다. '무지에서 과학으로, 야만에서 문명으로'. 이 모토가 바로 진보의 믿음에 바탕을 둔 19세기 빅토리아 시대의 특징이지요. 물론 식민지 사람들 입장에서는 제국주의와 인종주의를 정당화하려는 꼼수로 밖에 보이지 않았겠지요.

그런데 빛이 있으면 어둠이 있듯이 이러한 발전에도 그늘이 짙게 드리웠습니다. 사람들이 도시로 몰려들면서 농촌은 황폐했고 경제적으로 부를 누리는 사람들은 소수에 불과하고 사람들 대부분이 가난과 범죄와 질병에 시달려야 했습니다. 요즘 말하는 계층과 부의 양극화가 이루 말할 수 없었지요. 물론 이러한 모순 속에서도 사회 부조리를 걱정하는 사람들의 목소리가 차츰 들리기도 했습니다. 특히 여성들의 사회진출이 늘어나 새로운 생각들이 여기저기서 터져 나오는 용광로 같은 시대이기도 했습니다. 이처럼 두 얼굴을 한 빅토리아 시대에 스티븐슨은 당시 사람들의 불안과 공포를 보았을 겁니다. 동시대를 살았던 예술가이자 사상가였던 윌리엄 모리스(1834~1896)는 그 불안의 원인을 물질적인 진보의 이면에 공존했던 정신적 상실 때문이라고 지적하기도 했습니다.『지킬 앤 하이드』는 그러한 사회상을 잘 담고 있는 작품입니다.

작가의 삶과 모험

스티븐슨은 해양소설과 모험소설의 고전으로 꼽히는 소설『보물섬』(1880)을 쓴 작가이기도 합니다. 텔레비전과 영화로 만들어져 세계 어린이들이 열광했던 이 작품을 쓴 작가가『지킬 앤 하이드』같이 이해하기 어려운 소설을 썼다니 놀랍기도 합니다. 의붓아들과 놀며『보물섬』을 착상했다고 하니 그의 마음 씀씀이를 가늠할 수 있습니다.『지킬 앤 하이드』도 그러한 작가의 시선이 드리운 작품이 아닐까요? 스티븐슨은 영국 사람들에게는 이름 첫 자를 따 R. L. S.로 불리기도 합니다. 애칭이기도 하지요. 그만큼 인기 있고 유명한 작가란 말이겠지요.

스티븐슨은 1850년 스코틀랜드 에든버러에서 태어났습니다. 에든버러는 '근대의 아테네'라고 불리는 곳입니다. 고대 그리스 아테네는 소크라테스, 플라톤, 아리스토텔레스로 이어지는 철학사상을 중심으로 고대문명의 요람 같은 곳이지요. 에든버러도 그만 못지 않다는 얘기지요. '보이지 않는 손' 하면 떠오르는 경제이론가 『국부론』의 애덤 스미스가 있었고, 인간 가치를 신뢰하여 생활 철학을 주창했던 철학자 데이비드 흄도 있었으며, 역사소설 『아이반호』를 쓴 월터 스콧도 빠질 수 없지요. 여기에 스티븐슨이 함께하는 겁니다. 사실은 영국(잉글랜드) 사람이 아니라 말도 민족도 다른 스코틀랜드 사람입니다. 자존심 강하고 저항정신이 투철하다고 다들 그러지요. 분명 스티븐슨의 몸속에 흐르는 피가 그의 작품을 이루고 있을 겁니다.

스티븐슨의 아버지는 유명한 토목 기사였고 어머니는 프랑스계 목사의 딸이었습니다. 어릴 적부터 병약해 병상을 떠나지 못했습니다. 그래서 유모가 읽어 주는 성서나 스코틀랜드 역사를 들으며 자랐다고 합니다. 성장하며 시를 비롯한 문학을 가까이 했고 이야기를 꾸미는 능력이 남달랐습니다. 그만큼 상상력이 풍부했으며 문장력 또한 뛰어났습니다. 늘 그렇듯 아버지와는 꿈이 달랐습니다. 어쩔 수 없이 아버지 뜻을 따라 대학에서 공학을 전공했으며 후에 법률을 공부하여 변호사가 되었습니다. 하지만 마음에 없는 일을 해서 그런지 심각한 폐병을 앓게 되어 사회생활을 하기 버거운 지경에 이르렀습니다. 비로소 글을 쓸 수 있게 된 겁니다. 그가 결혼한 여성은 두 아이를 둔 연상의 미국 이혼녀였습니다. 병든 몸으로 미 대륙을 횡단하여 서부로 가 사랑을 이루었습니다. 이러한 기질 때문에 그를 보헤미안이라 부르기도 합니다.『지킬 앤 하이드』는 며칠 사이에 썼다고 합니다. 그만큼 그의 타고난 재능이 발휘된 작품으로 대성공을 거둔 겁니다. 이후 병이 악화돼 남태평양 사모아 섬 중 하나인 우포루 섬에 이주하여 정착한 뒤 영국으로 돌아가지 않습니다. '바이리마'라고 이름도 바꾸었습니다. 섬사람들은 그를 '쯔시타라(추장)'라고 불렀습니다. 그곳에서 6년간 글을 쓰며 1894년 44세의 짧은 생을 마칩니다. 자유인의 전형이라 할 수 있습니다.

내 안에 사는 두 개의 자아

이제 소설 속으로 들어가 볼까요?『지킬 앤 하이드』는 메리 셸리 Mary Shelley(1797~1851)가 쓴『프랑켄슈타인』과 더불어 괴물을 다룬 작품으로 손꼽히지요. 두 작품 모두 괴물을 다뤘다는 공통점이 있고 한 쪽은 내면의 추함을 한 쪽은 외면의 혐오를 담았다는 데 차이가 있습니다. 오늘날 우리가 겪고 있는 사회적 갈등의 일면도 물질문명을 따르지 못하는 정신의 취약함에서 비롯되는 것 같습니다. 특히 인간에 대해 가해지는 추함과 혐오의 흐름은 굉장한 폭력이 아닐 수 없습니다. 그 자체가 괴물입니다.

우리가 누군가에게 넌 "지킬 박사와 하이드 같아!"라고 말한다면 그 뜻은 그 사람의 이중성을 가리키는 것이지요. 어느 때는 지킬 박사처럼 신사였다가 어느 때는 하이드처럼 괴물이 된다는 말입니다. 어떻게 사람이 그럴 수 있을까요? 그런데 원래 사람은 그렇다는 군요. 이에 대해 참고해야 할 정신분석학자가 있는데, 바로 칼 구스타브 융Carl Gustav Jung(1875~1961)입니다. 그는 인간은 자아(ego)와 자기(self)로 나눌 수 있답니다. 자아는 누군가를 의식하는 나라 할 수 있습니다. 남의 눈치를 보는 나라고 할까요? 이에 반해 자기는 내 안의 나라 할 수 있습니다. 그 누구도 의식하지 않는 고유한 나라는 말입니다. 융에 따르면 사람은 겉으로 드러난 의식적인 나로서의 자아보다 내면 속에 차리하고 있는 나로서의 자기가 더 크다고 합니다. 이를 의식적인 자아와 대비하여 무의식이라 부릅니다. 특히 이 무의식은 개인적인 성향이 아니라 사회적인 관계 속에서 형성되는 것으로 집단무의식이라 이름 지었습니다. 사람은 이 두 가지를 모두 갖고 있어서 자아가 강해지려면 자기가 나와 그러면 안 된다고 속삭이고 무의식 속 자기가 뚫고 나오려 하면 자아가 냉정하게 막아 균형을 찾습니다. 그래서 내 안의 두 존재와 화해하고 통합해 가는 것이 삶이라고 합니다. 만약 균형을 잃어 한쪽으로 치우친다면 그 사람은 온전한 내가 아니라 할 수 있습니다. 사회윤리와 도덕을 강조하여 인색하고 완고한 사람은 아마 자아가 강한 사람일 겁니다. 혹은 사이코패스처럼 주위사람과 소통하지 못하는 사람은 자기가 세상 밖으로 뛰쳐나왔기 때문일 겁니다. 모두 온전한 영혼이 아니지요. 지킬 박사와 하이드는 한 사람이면서도 동시에 두 가지 성격을 갖는다는 측면에서 칼 융이 말한 인간의 전형이네요. 자아와 자기, 의식과 무의식, 바깥사람과 안사람의 조화와 균형이 깨져 일어난 이상한 이야기가 바로 『지킬 앤 하이드』라 할 수 있습니다. 여기서 중요한 것은 내 안의 다른 나를 가슴으로 받아들이지 못하는 사회 또한 한쪽으로 치우친 사회라는 사실입니다. 그러므로 지킬 박사와 하이드는 빅토리아 시대 영국 사회가 잉태한 괴물이 아닐까요? 이야기가 삼천포로 빠지는 느낌이네요. 다시 소설로 돌아가 보죠.

『지킬 앤 하이드』의 등장인물을 살펴볼까요. 주인공 지킬 박사는 어떤 사람인가요? 의학박사이자 민법학자, 법학박사, 왕립학술원 회원이네요. 부자이기도 합니다. 어터슨, 래니언, 댄버스 커루 경 모두 의사 아니면 변호사입니다. 엔필드도 이에 미치지 못하지만 이들과 어울릴 만큼 유명인사입니다. 이렇게 품위 있는 사람들과 지내는 지킬 박사는 무엇이 아쉽고 부족했을까 궁금합니다. 하이드를 상상하고 만들어낼 수밖에 없는 이유이기도 하겠지요. 그렇다면 이 신사들은 하이드를 어떻게 바라보았을까요? 다음 한 구절이 대변하고 있네요.

"뭐라 표현하기 힘듭니다. 묘한 데가 있어요. 뭔가 불쾌하고 혐오스럽다고나 할까. 지금껏 그렇게 혐오감을 준 남자는 본 적이 없습니다. 그런데 이유는 잘 모르겠어요. 그냥 기괴한 느낌이라고 나 할까? 정확히는 말하기 곤란하지만 뭔가 뒤틀렸다는 느낌이었어요. 정상이라곤 할 수 없는데, 뭐라고 딱 꼬집어 말할 수는 없는….".

엔필드가 어터슨에게 했던 말입니다. 하이드는 한 마디로 말로 표현할 수 없는 사람입니다. 그래서 불쾌하고 혐오스럽다고 말하는 겁니다. 말로 표현할 수 없는 대상에 대해 우리가 평소 느꼈던 정서와 태도는 아닐까요? 예를 들어 우리나라에 살고 있는 해외 이주민이나 난민들 말입니다. 이들은 전에 보지 못했던 사람들입니다. 아니면 우리 주위에 사는 장애인들, 가난한 사람들은 어떤가요. 함께 살고 있지만 이들을 대하는 시선이 곱지는 않지요. 단정지울 수는 없지만 이유 없이 불쾌하게 여기지는 않았나요? 그렇다면 보기에 뭔가 다른 사람들에 대해 우리가 품었던 생각이 혐오는 아니었을까요?

혐오와 공포가 끌어낸 괴물

이러한 혐오의 정서는 융에 따르면 집단 무의식이라 할 수 있습니다. 사회의 공통된 무의식의 표출이지요. 이것이 거대한 권력이 되거나 소위 파시즘으로 변한다면 히틀러가 저지른 인간 살육의 폭력을 자행하게 될지도 모릅니다. 우리는 평범한 사람들이지만 마음 속 증오를 키우면 하이드처럼 괴물이 될 수 있으니까요. 그렇다면 지킬 박사를 비롯해 부와 명예를 누렸던 빅토리아 시대 영국 사람들이 불안해하고 공포에 떨었던 것은 무엇이었을까요? 지킬 박사가 하이드가 되어 죽였던 두 사람을 통해 알 수 있을 것 같습니다.

이 소설에서는 하이드가 두 사람을 해치는 장면이 묘사됩니다. 이름 모를 소녀와 댄버스 커루 경입니다. 하이드는 여자아이를 짓밟더니 땅바닥에 널브러져 비명을 지르는 아이를 내버려둔 채 아무렇지도 않게 지나쳐 버렸습니다. 지킬 박사라면 결코 그렇게 하지 않았을 겁니다. 하이드가 댄버스 커루 경을 죽이는 장면 또한 참혹합니다. 지팡이로 두들겨 땅에 쓰러뜨리고는 성난 원숭이처럼 짓밟고 마구 두들겨 길바닥에 팽개쳐 쳤습니다. 역시 지킬 박사라면 이렇게 하지 않았을 겁니다.

당시 영국 사회는 여성의 사회 진출이 활발했다고 합니다. 소설에서도 알 수 있듯이 남자들만의 세계였던 세상에 또 다는 주체가 등장한 것입니다. 다시 말해 가부장적 가치의 무너짐을 뜻하지요. 두려웠을 거예요. 그동안 누렸던 부와 명예를 빼앗길까봐 걱정이 컸겠지요. 소녀는 그러한 공포의 상징적 희생물이라 할 수 있습니다. 댄버스 커루 경은 신사입니다. 그런데 지킬 박사의 입장에서는 자신과 별 다르지 않은 사람입니다. 세상 사람들에게 존경받고 완벽해 보이지만 내면에는 추악하고 비열한 욕망이 가득했기 때문입니다. 지킬 박사가 혐오했던 자신의 모습입니다. 그래서 하이드를 통해 분노를 표출한 것이지요.

지킬 박사이며 동시에 하이드는 두 사람만 해친 것이 아닙니다. 마침내는 스스로를 죽였습니다. 이 비극적 결말은 많은 것을 생각하게 합니다. 역사적으로는 빅토리아 시대 모순과 부조리로 가득 찬 영국 사회의 몰락을 뜻합니다. 인간의 본성에서 본다면 내 안의 두 사람이 조화롭게 공존해야 진실한 자신이라는 사실을 다시 한 번 깨닫게 됩니다. 오늘날 사회적으로 새겨야 할 점은 나와 다른 사람을 받아들이는 일이 너무나 중요하다는 것입니다. 누군가를 혐오의 대상으로 삼는다면 우리 공동체는 무너질 것이며 폭력으로 뒤덮일 것이니까요. 나는 신사가 될 수도 괴물이 될 수도 있습니다. 더욱 중요한 것은 온전한 인간으로 사는 일이 아닐까요.

이민호 시인/문학평론가

1994년 〈문화일보〉에 시로 등단하였고, 현재 서울과학기술대학교 기초교육학부 초빙교수로 재직 중이다. 지은 책으로는 시집 『참빗 하나』, 『피의 고현학』, 연구서 『흉포와 와전의 상상력』, 『김종삼의 시적 상상력과 텍스트성』, 『낯설음의 시학』, 평론집 『한국문학 첫 새벽에 민중은 죽음의 강을 건넜다』, 『도둑맞은 슬픈 편지』 등이 있다.

로버트 루이스 스티븐슨의 작품들

소설

『Treasure Island』(1883)

『Prince Otto』(1885)

『Strange Case of Dr Jekyll and Mr Hyde』(1886) .

『Kidnapped』(1886)

『The Black Arrow: A Tale of the Two Roses』(1888)

『The Master of Ballantrae: A Winter's Tale』(1889)

『The Wrong Box』(1889) Lloyd Osbourne 공저

『The Wrecker』(1892) Lloyd Osbourne 공저

『Catriona』(1893)

『The Ebb-Tide』(1894) Lloyd Osbourne 공저

『Weir of Hermiston』(1896). 미완성

『St Ives: Being the Adventures of a French Prisoner in England』(1897) 작가 사후 Arthur Quiller-Couch에 의해 완성

단편집

『New Arabian Nights』(1882)

『More New Arabian Nights: The Dynamiter』(1885) Fanny Van De Grift 공저

『The Merry Men and Other Tales and Fables』1887

『Island Nights' Entertainments』1893

『Fables』(1896)

『Tales and Fantasies』(1905)

인간의 양면성이 탄생시킨 비극의 드라마

김호철 명지대학교 기독실용음악 보컬주임

1728년 런던에서 초연된 존 게이의 가극 〈거지 오페라〉를 뮤지컬로 인정하느냐 하지 않느냐에 대한 의견이 분분한 가운데, 이 작품을 뮤지컬의 시작으로 보는 견해가 우세승으로 보입니다. 어쨌거나 이 작품을 시작으로 뮤지컬이란 음악장르가 발전에 발전을 거듭하여 현대에 이르렀다는 것은 부정하기 쉽지 않으니까요. 300여 년의 역사를 지니고 영국에서 시작된 초기 뮤지컬은 이렇게 미국으로 건너가게 되었고, 프랑스까지 가세하면서 문화를 지나 거대한 산업으로까지 발전한 현대뮤지컬로 탄생했습니다. 문학과 음악 그리고 미술, 조명, 의상 등 뮤지컬이 가진 매력에 전 세계 다양한 관객층은 충격적으로 열광하였고, 발레나 오페라 같은 전통적 종합예술도 이루지 못한 문화, 경제적 업적을 짧은 역사를 가진 이 새로운 음악장르가 이뤄내게 되었죠.

뮤지컬 지킬 앤 하이드의 탄생

길지 않은 역사이지만 다양한 모습으로 발전하던 뮤지컬은 현대에 이르러 〈사운드 오브 뮤직〉, 〈웨스트사이드 스토리〉, 〈맘마미아〉, 〈오페라의 유령〉, 〈노트르담 드 파리〉 등 대작품의 대중적 흥행과 맞아떨어지며 엄청난 대박 행진을 이어가게 되는데요, 언제나 그렇듯 관객을 울리고 웃기던 대다수의 작품들을 관통하는 흥행 코드는 바로 "사랑"이었습니다. 그러던 1990년, 괴물이 주인공으로 등장하는 스릴러 뮤지컬이 관객 앞에 선보이게 됩니다. 그리고 그 뮤지컬의 코드는 이제까지 뮤지컬의 주제는 꼭 그래야만 한다고 믿던 "사랑"이 아닌 "인간의 선과 악"이었습니다. 새로운 주제의 뮤지컬 〈지킬 앤 하이드〉가 탄생한 것입니다.

1886년 발표된 로버트 루이스 스티븐슨의 작품 『지킬 앤 하이드』는 소설작품으로 꾸준히 읽혀오다가 1931년에는 영화로 제작되기도 했습니다. 하지만 '인간 내면의 선과 악의 이야기' 또는 '다중 인격을 지닌 사람의 이야기' 정도로만 알려졌던 이 짧은 소설은 1990년에 뮤지컬 작품으로 발표되며 대중의 폭발적인 관심을 끌게 됩니다.

'지금 이 순간~'이라는 곡. 이 노래를 한 번도 못 들어 본 사람은 우리 주변에 아마 거의 없을 겁니다. 뮤지컬을 잘 모르는 사람들도 익히 아는 바로 그 곡이죠. TV 광고 속 에서도 들을 수 있고 예능

프로그램과 개그 코너에도 등장하는가 하면, 심지어 결혼식 축가로도 자주 들을 수 있는 곡이니까요. 하지만 사실 제목으로는 그럴듯해도 내용적으로 보면 결혼식 축가로는 조금 부적절하다는 사실… 참고하시구요!

사실 이 곡은 제목만 딱 들어도 관객들이 바로 느낄 수 있습니다. 극 전체의 줄거리를 잘 몰라도 이 곡이 언제 어느 상황에서 어떤 분위기로 불리게 될지 말이죠. 이렇듯 뮤지컬 〈지킬 앤 하이드〉는 뮤지컬이라는 장르를 대표하는 불후의 명곡들을 담고 있는데요, 그럼 이제부터 천천히 작품 속으로 조금 더 자세히 들어가 보겠습니다.

뮤지컬 제작과정

앞서 설명 드린 바와 같이 1886년에 발표된 로버트 루이스 스티븐슨의 원작소설을 접하면서부터 작곡가 프랭크 와일드혼은 이 작품을 뮤지컬로 만들기로 결심하고 제작과 기획을 시작합니다. 그리고 1980년 가수이자 시인, 작사가인 레슬리 브리커스에게 대본과 가사를 의뢰하였고 대본과 가사가 나오는 대로 프랭크 와일드혼 자신이 직접 곡을 입힙니다.

그리고 그의 곡들은 먼저 음반으로 발매되어 팬들의 뜨거운 관심을 끌게 됩니다. 세계의 수많은 뮤지컬 팬들은 이제나저제나 이 뮤지컬 작품을 완성된 모습으로 극장에서 만날 날을 고대하고 있었죠. 하지만 유감스럽게도 팬들은 이후 10년이라는 긴 시간을 기다려야만 했습니다. 이렇게 인고의 시간을 지나 1990년 뮤지컬 〈지킬 앤 하이드〉는 드디어 공식무대에서 관객을 만나게 됩니다. 바로 미국 휴스턴의 앨리시어터에서 말이죠.

그리고 또다시 7년간의 계속되는 공연 경험을 거쳐, 마치 마이너 리그에서 실력을 다듬고 다듬어 메이저 리그에서 화려하게 빛을 보는 스타플레이어처럼 무대나 연출 등의 교정과 업그레이드 작업을 거듭하여 마침내 1997년 브로드웨이에 초청되기에 이릅니다. 이제 세계 뮤지컬 무대는 이 작품을 공연하기 위해 줄을 서기 시작하죠.

브로드웨이에서의 공연은 1997년부터 2001년까지 1천6백회 이상 이어졌고, 초대 타이틀 롤을 맡은 로버트 쿠치올리는 비평가협회로부터 남우주연상과 드라마 데스크 상을 수상하는가 하면 토니 상 후보로도 이름을 올리는 성과를 이뤄냅니다. 이후 그의 뒤를 이은 주인공 중에는 한국에서도 많은 인기를 누린 외화 〈전격 Z작전〉의 주인공이었던 세계적 배우 겸 가수인 데이비드 해셀호프도 있는데, 그의 다중인격 연기는 말 그대로 영화의 한 장면처럼 훌륭합니다.

뮤지컬의 줄거리는 원전 소설에 근거해 진행되는데요, 이야기는 1885년 런던에서 시작됩니다. 지킬은 학식과 인품이 좋은 의사이자 명석한 과학자입니다. 하지만 정신병을 앓고 있는 아버지 때문에 고민하던 차에 지킬은 인간이 가지고 있는 선과 악의 이중성을 분리할 수 있다는 믿음을 가지고 치료제 연구에 몰두합니다.

치료제가 완성단계에 이르자 인간을 대상으로 임상실험에 들어가야 했지만 이를 반대하는 사람들로 인해 현실적인 어려움으로 임상실험 대상을 구하지 못하게 되자 지킬은 자기 자신에게 약물을 투여하는 실험을 하게 됩니다. 그러던 중 지킬이 한 클럽에서 험한 일을 하는 루시라는 여인이 학대를 당하는 걸 보고 그녀를 구해 주게 되고, 그녀는 처음 느끼는 알 수 없는 감정에 사로잡혀 노래를 부릅니다.

한편 스스로 투여한 약물의 반응으로 지킬의 정신은 선과 악으로 분열되기 시작하고 악으로 가득한 몬스터 괴물로 변해버린 하이드에게 자신의 내면을 빼앗기고 맙니다. 실험이 진행될수록 약혼녀 엠마와 점점 멀어져만 가던 지킬은 세상과 벽을 쌓고 실험실에서 은둔하게 되지만, 실험실에 찾아온 엠마의 따뜻한 노래는 그에게 큰 위로가 되죠.

어느 날 부상을 당한 루시가 실험실로 찾아오지만 정작 그녀를 다치게 만든 사람이 자신인 하이드라는 것을 알게 된 지킬은 충격에 빠지게 됩니다. 그럼에도 루시는 아무것도 모르는 채 지킬의 친절한 치료에 감동하며 사랑에 빠지게 됩니다. 하지만 시간이 지날수록 지킬의 내면이 만들어낸 또 다른 자아 하이드는 더 큰 괴물로 변해가며 드라마는 파국으로 치닫게 됩니다.

뮤지컬 캐릭터

*지킬 Henry Jekyll

학식과 인품이 좋은 의사이면서 명석한 과학자입니다. 하지만 고집도 있죠. 소외되고 어려운 이들에 대한 책임감이 누구보다 강한 사람이지만 결국 그것이 비극의 운명을 만들게 됩니다.

*엠마 Emma Carew

소설 원작에는 없는 인물이지만 뮤지컬에서 지킬의 사랑 이야기가 가미되면서 새롭게 창조되었습니다. 지적이고 아름다운 지킬의 약혼녀로, 지킬에게 끝없는 신뢰를 보이며 위로와 힘을 주는 강한 여인입니다.

*루시 Lucy Harris

역시 소설 원작에는 등장하지 않는 인물입니다. 술집에서 노래하고 춤추고 때로는 몸을 팔아야하는 가여운 매춘부죠. 사람에 대한 불신과 세상에 대한 원망으로 가득하지만 지킬을 만나면서 순정을 느끼게 됩니다.

*어터슨 John Utterson

지킬의 오랜 친구로 직업은 변호사입니다. 원작에서와 마찬가지로 뮤지컬 작품 속에서도 이야기를 이끌어가는 관찰자이자 해설자의 역할을 합니다.

*댄버스 경 Sir Danvers Carew

원작소설에서는 악의 본성에 이끌린 하이드에게 비참하게 살해되는 희생자로만 등장합니다. 하지만 뮤지컬에서는 지킬의 약혼녀 엠마의 아버지 역할로 등장하게 되죠. 의사인 지킬을 좋아하지만 고집 있고 고지식한 그의 성격을 늘 염려하죠.

뮤지컬의 주역들

지금까지 뮤지컬 〈지킬 앤 하이드〉를 간추려 보았는데요. 과연

140

대단한 작품이지요? 그러면 이 작품을 만든 많은 이들 중 우리가
꼭 기억해야 할 대표적 공로자를 알아보겠습니다.

*작사−레슬리 브리커스 Leslie Bricusse

대본과 작사를 맡아 문학적 이야기를 음악에 담을 수 있도록 정
리해준 레슬리 브리커스가 있습니다. 영국 출신으로 1931년 런던
에서 태어났죠. 시인이자 작가로, 거기에 작곡과 노래까지 도대체
못하는 게 없는 멀티탤런트입니다. 뮤지컬과 영화에 음악과 대본
작가 그리고 작사가로 40여 편이 넘는 작품에 참여한 그는 그래미
상, 토니상, 아카데미상 등에 20회 이상 노미네이트되었고 아카데
미상과 그래미상을 수상하기도 한 무대의 거장입니다.

*작곡−프랭크 와일드혼 Frank Wildhorn

그리고 또 한 사람. 바로 주옥같은 음악을 작곡하고 기획부터 제
작까지 총괄한 작곡가 프랭크 와일드혼이 있습니다. 미국 출신으
로 1959년 뉴욕에서 태어났죠. 뮤지컬 〈지킬 앤 하이드〉, 〈황태자
루돌프〉, 〈스칼렛 핌퍼넬〉, 〈드라큘라〉를 작곡했다면, 그의 경력은
더 이상 설명이 필요 없을 듯합니다. 거기에 휘트니 휴스턴이 불러
빌보드차트에서 1위를 기록한 'Where Do Broken Hearts Go'
를 작곡했고 컨트리 가수 케니 로저스, 나탈리 콜 등의 음악을 만드
는가 하면 올림픽, 월드컵, 미국의 수퍼볼, 메이저리그 월드시리즈,

미스아메리카 선발대회 같은 세계적 축제 무대에서도 활약하는 등 왕성한 창작욕을 보여주고 있습니다. 특히 우리나라에 대한 애정도 각별해서 국내뮤지컬에 대해 대단히 좋은 평을 해주고 있죠. 박효신, 류정한, 홍광호, 김준수 등 국내 가수, 뮤지컬배우 등과의 개인적 친분도 그의 '자랑거리'라 하니 왠지 친근감이 더 커집니다.

뮤지컬 하이라이트 감상하기

이제 뮤지컬 〈지킬 앤 하이드〉의 명장면 몇 편을 감상해 볼까요? 먼저 우리에게 익숙한 '지금 이 순간'부터 들어봐야겠죠? 너무도 유명한 이 곡은 지킬박사가 자신이 완성한 약물을 자기 몸에 투여하기 전에 부르는 노래입니다. 뮤지컬 전체에서 가장 유명한 넘버죠. 사실은 우리가 아는 뮤지컬을 통틀어 가장 유명한 곡 중 하나라 해도 과언이 아닐 겁니다. 그리고 이 노래를 부르며 스스로 약물을 투여하는 장면에서 지킬박사는 하이드라는 몬스터로 변하게 됩니다.

no.13 'This is Moment' (갈라 버전)

100만 뷰 이상을 자랑하는 안소니 왈로우Anthony Warlow의 음성으로 들어보세요. 뮤지컬 솔로 넘버는 이렇게 부르는 겁니다.

no.13 'This is Moment' (뮤지컬 실황 버전)

최고의 연기를 자랑하는 데이비드 해셀호프 David Hasselhoff의 모습입니다. 뮤지컬 연기는 이렇게 하는 겁니다.

지킬박사가 스스로 약물을 주입하는 과정과 약물 주입 후 미친 듯한 경련이 있은 후 괴물 하이드로 변하는 모습을 연기하는 장면입니다.

no.14 'First Transformation' (뮤지컬 실황 버전)

최고의 연기를 자랑하는 데이비드 해셀호프의 모습입니다. 역시 연기의 신이네요.

다시 정상으로 돌아온 지킬은 술집에서 매춘부로 일하는 루시를 구하게 되는데, 루시는 이제껏 자신에게 그렇게 친절하게 대해준 남자가 없었기에 설레는 감정을 갖게 되죠. 노래의 처음에는 자신의 어두운 과거를 회상하듯 아련하게 시작하여 곡의 후반부로 가면서 러브라인의 감정이 전해지고 있습니다.

no.18 'Someone Like You' (뮤지컬 실황 버전)

가수이자 뮤지컬 배우인 콜린 섹스턴Coleen Sexton의 톡톡튀는 명품연기로 감상해 보세요.

no.18 'Someone Like You' (갈라 버전)

라이브 연주로 많은 관객을 울리고 감동을 전하
는 린다 에더Linda Eder의 노래로 들어보세요. 역시
감동을 넘어 존경받는 가수의 노래는 차원이 다
르죠.

스스로 행한 생체실험으로 하이드라는 괴물로 변해 사람을 해치고 다니는 자신
의 또 다른 얼굴을 알게 된 지킬은 실험실에 틀어박혀 은둔의 시간을 갖게 됩니
다. 이때 약혼녀인 엠마가 찾아와 괴로워하는 지킬에게 이 곡을 불러주죠.
"한때는 우리, 서로를 그토록 잘 알고 그렇게 좋아하고, 행복한 미래를 꿈꿨었지
요. 그래요, 한때 꿈에선 그랬죠."

no.21 'Once Upon a Dream' (뮤지컬 실황 버전)

브로드웨이 오리지널 팀의 안드레아 리베트
Andrea Rivette 의 실감나는 연기로 감상해 보세요.

이제 이야기는 대단원에 이르고, 이 작품의 주제가 말하듯 '인간의 선과 악이 충
돌하는' 명장면이 연출됩니다. 바로 지킬과 하이드가 대립하는 장면인데요. 주인공
의 얼굴을 반반씩 분장하여 조명을 이용해 지킬과 하이드로 연기하는 장면이죠.
드라마틱한 음악과 함께하는 금세기 최고의 배우 데이빗 해셀호프의 명연기는 뮤
지컬 역사에 남는 베스트 오브 베스트 씬 입니다.

no.29 'Confrontation' (뮤지컬 실황 버전)

한국에서도 많은 팬을 가지고 있는 드라마 〈전격Z작전〉의 주인공, 영화배우이자 록 가수 그리고 뮤지컬 배우인 데이비드 해셀호프의 연기로 감상하세요.

프랭크 와일드혼이 작곡한 휘트니 휴스턴Whitney Housten의 'Where Do Broken Hearts Go' 들어보기

김호철 / 명지대학교 기독실용음악 보컬주임

한국국제예술학교 문화예술원장 겸 공연예술학부장. 백석대학교 신학원 실용음악과 실기지도교수로 활동하고 있으며 가출 청소년들과의 교감으로 시작한 공감아카데미 대표를 10여 년째 진행하고 있다. CBS 뮤직아카데미 스페셜보컬트레이너와 기독교TV-CTS 아트홀 전문위원을 맡고 있다.
중앙대학교에서 음악 이론과 실기를 강의하며 최우수강의 총장표창을 2회 수상하였고 삼성그룹 휴먼센터, CCF, Culture Gardening 등에서 강의를 진행하고 있다. 양평 뮤직페스티벌, 고창 눈꽃음악축제, 헤이리 카메라타, Der Musiker 등의 콘서트를 기획, 제작하였고 음악해설 강연 등을 600여 회 진행하는 등 음악해설가로 활동하고 있다. 지은 책으로는 『음악가들의 초대』(구름서재)가 있다.

뮤지컬 넘버 리스트

Act 1

1 Lost in the Darkness

2 Facade

3 Jekyll's Plea

4 Facade (Reprise 1)

5 Emma's Reasons

6 Take Me as I Am

7 Letting Go

8 Facade (Reprise 2)

9 No One Knows Who I Am

10 Good N Evil

11 Here's to the Night

12 Now There is No Choice

13 This Is the Moment

14 First Transformation

15 Alive

16 His Work, And Nothing More

17 Sympathy, Tenderness

18 Someone Like You

19 Alive (Reprise)

Act2

20 Murder, Murder

21 Once Upon a Dream

22 Obsession

23 In His Eyes

24 Dangerous Game

25 Facade (Reprise 3)

26 The Way Back

27 A New Life

28 Sympathy, Tenderness (Reprise)

29 Lost in the Darkness/The Way Back & Confrontation

30 Facade (Reprise 4)

31 The Wedding

32 Finale

번역 **박혜옥**

숭실대학교 조기영어교육과에서 석사학위를 받았고 수년간 유치원에서 영어를 가르치고 있다. 영어교사로서 그리고 한 아이의 엄마로서 아이에게 영어 동화를 읽어주며 좋은 우리말 표현에 관심을 갖게 되었다. 아이들에게 좋은 책들을 읽게 하고 싶다는 욕심에 틈틈이 번역 일도 하고 있다.

청소년 모던클래식 5

지킬 앤 하이드

1판1쇄 발행 2019년 3월 4일
1판2쇄 발행 2020년 4월 6일
1판3쇄 발행 2021년 3월 20일
1판4쇄 발행 2022년 10월 10일

지은이 로버트 루이스 스티븐슨
옮긴이 박혜옥
디자인 신미연
펴낸이 박찬규

펴낸곳 구름서재
등록 제396-2009-000058호
주소 서울시 마포구 서교동 375-24 그린홈 403호
이메일 fabrice1@chol.com
블로그 http://blog.naver.com/fabrice
ISBN 979-11-89213-02-2 (43840)

Dr. Jekyll and Mr. Hyde

by Robert Louis Stevenson
1886